朝が来る

晨曦将至

［日］辻村深月

/著

马惠/译

上海译文出版社

目 录

第一章 平稳与不稳

（一）

电话响起。

"说不定又是……"佐都子紧张起来。

在这套两室一厅带厨房兼餐厅的公寓里，安装在客厅的座机是样可有可无的物件。最近，自己和丈夫双方的父母越来越多会直接打手机，现如今会拨通座机电话的，除了房地产商，就是推销健康食品的工作人员。当然，可以解约拆除，但特意去做这件事也觉得很麻烦，便听之任之了。

此时，这家中的座机在响。

"您好，这里是栗原家。"

明知这或许是白费口舌，还是自报了家门。

马上听到回应也不足为奇，对面却无声无息。电话听筒的另一端真的有人吗？令人窒息的沉默在蔓延。

这一个月里，总是接到恶作剧般的无声电话。倒也不是让人无法忍受的频率。三天一次，或一周一次。想着大概不会再打来的时候，电话铃声又会突然响起。

电话那头一丝杂音都没有。感觉对方也是用的某处的座机——绝不是手机——打来的。侧耳倾听，刚说了一声"喂？"，几秒后电话便突然挂断了。每次皆如此。

这个时间，儿子还在幼儿园。不过，曾有一次，六岁的儿子朝斗接起了电话。升入大班的大象组，交谈也变得愈发清晰的朝斗每次看到佐都子拿着手机打电话，就会一个劲儿地追问："是奶奶吗？还是小裕妈妈？我想接一下。"虽然告诫过他不要擅自接电话，可他还是接起了电话，大概是难得听到座机铃声响起吧。

当时，佐都子在阳台晒好衣服，正要回客厅，看到自家孩子将电话听筒贴在耳边，正在问："喂？是奶奶吗？"她慌忙从孩子手中接过电话。"喂？"沉默，比以往更漫长的沉默在电话听筒的另一端蔓延。

对方似乎深吸了一口气，这恐怕并不是心理作用。就在那一刻，在无边沉默中，电话也被马上挂断了。

频率虽说尚不值得为之烦恼，可这终究也不怎么令人愉悦。

佐都子放下电话听筒，解下围裙的系带，搭在餐厅的椅子上。到时间得去接朝斗了。接送的校车会直接停在公寓前。

等到了秋天，要不要试着一起走去幼儿园呢？

朝斗所在的照叶幼儿园就在小学旁边。来年春天，儿子就是一年级的小学生了。如此一来，他就不能再坐车，而是得自己步行上学。得让他把路记清楚。话虽如此，给先生和儿子准备早餐，帮朝斗洗脸，检查随身携带的物品——过分慌乱的栗原家的早晨根本就不存在闲暇时间，就连校车也都是勉强才能赶上。若要步行上学，估计得早起了。

　　初夏，六月。

　　透过阳台上的纱窗望去，远远铺展开来的是晴空下的武藏小杉的街景。

　　低矮的房舍之间，稀稀拉拉仿若异物的高层住宅楼如火箭般耸立。满是玻璃的外墙反射着午间的阳光，佐都子凝视着这一光景，心想，若是从近旁观察自家这栋楼，大抵也是同样的景象吧。

　　高层的视野令人心旷神怡。湛蓝晴朗的天空中划过一条飞机云。

　　做完家务，等待朝斗回家的这段时间里，她清晰地感受到了满足。

　　早上送儿子出门后会长舒一口气，可到了这个时间却又对朝斗无比想念。从车上下来的自家小孩儿到处寻找着母亲，锁定后一头扎进怀中说着"妈妈，我回来了!"——一想到这一瞬间，佐都子心中便涌起一阵喜悦，如此幸福真的可以吗?

　　开放式厨房的一角摆放着上个月十日朝斗生日时的照片。是朝斗、丈夫和佐都子一家三口一起吃蛋糕的照片。她也用手机给爷爷奶奶、外公外婆发去了"六岁了"的消息和照片。

凝视着蛋糕上的根根蜡烛，真是感慨万千。已经六年了。不得不说，真是岁月如梭，时光不饶人啊。

搬来这座因临近市中心、宜居而备受关注的小镇，是在成为朝斗母亲之前。

听闻在这一片区新建的不满一亿日元的住宅只剩下这最后一处，内部看过样板房之后，便与丈夫决定购入。可是，原本是"最后一处"的这栋住宅楼在建期间，又有新的住宅楼拔地而起。或许是负有通知义务，负责与佐都子夫妇接洽的开发商的销售员打来电话，说什么"敝社在车站对面也有建筑计划，不过那里离车站有段距离，房型也如此这般不同……"。等到交了房，顺利入住之后，电话便不再打来，镇子上的住宅楼却仍在不断增加。

电话铃声又响了。

佐都子冷不防又看向了座机。为了防止灰尘而盖在上面的绗缝帕子透出一丝虚无。无声电话一天两次接连打来，这还是头一遭。

"喂?"

大概又是沉默。要不试着大声问问对方是什么人？试着让对方不要再做这种事？

然而，并非如此。

电话是朝斗所在的照叶幼儿园打来的。

（二）

听到"从攀登架上掉了下来"时，佐都子的脸上瞬间褪去了血色。

想起早上分别时朝斗细细的手脚和触感，她不禁脸色发白。此时，电话那头的声音传来："不，掉下来的不是朝斗，而是大空小朋友。"

大空是跟朝斗同在大象组的朋友，住在同一栋住宅楼里。陪孩子在住宅楼内的公园或开放区域玩耍时认识了他妈妈，让孩子们去上照叶幼儿园也是二人商量决定的。今早还是一起送孩子们上车的。

大空掉下来了。那么，有没有受伤？佐都子正要发问，老师接下来的话却让她一时难以接受。

"大空小朋友说是被朝斗推了一下才掉下去的。栗原太太，您现在有时间来趟幼儿园吗?"

孩子们陆续离开后的幼儿园教职工办公室很安静。

朝斗所在的照叶幼儿园，只要申请基本都可以入园。是与考试无缘的私立幼儿园。通常是上午九点到下午两点。其他孩子今天都已经坐校车回家了。

为了那些有别于佐都子这样的全职主妇、在外工作的妈妈们，幼儿园会提供持续到下午五点的延时服务。

从攀登架上跌落的大空的妈妈自今年起开始在附近的超市做兼职，选择了延时服务。不过，今天她带大空去过医院后便直接回家了，幼儿园里早已不见大空母子的踪影。

"是我们疏于看护，没能防患于未然，实在抱歉。"

刚被带到教职员办公室靠里的桌旁，园长和年轻的班主任老师便如此说道。幼儿园里的孩子们之间出现问题时，一向如此。不管自家孩子是惹事方，还是受害方，老师们都会先低头道歉。

"不，您别这么说……"虽有些过意不去，可没被劈头盖脸上来就一通警告、斥责，心头还是稍稍松了一口气。

刚入园时，第一次接受老师们的道歉那次，是在朝斗被抢走玩具，由着当时的怒火用力扯住小朋友手腕的时候。听说对方是个小女孩，佐都子吓得面无血色，老师也是先道了歉。"没能防患于未然，实在抱歉。"自家是加害者，却要接受道歉，她感到了某种不对劲。后来，随着时间的推移，她渐渐冷静下来，甚至生出了些许厌恶。的确，是有那种对幼儿园或学校诸多挑剔的"怪物"家长。如果真有让老师们不得不恭敬至此的事情存在，这还真是个令人生厌的世道。

自从有了孩子，遭遇这样的麻烦，佐都子才第一次意识到，作为被殴打或被踢伤的受害者，心情会有多么轻松。问题在于当自家孩子是加害者的时候。对方孩子及家长的心情，佐都子无论如何也是不能感同身受的。

每个幼儿园或学校都有各自的经营方针。朝斗所在的幼儿园，只有当孩子是加害者的时候，才会告知对方孩子的姓名。当孩子是受害一方时，只要不是太严重，园方都不会告知对方是谁。当然会有孩子自己告诉父母，可作为园方，一直以来都秉持一个理念，即要不要道歉均由各家自行决定。佐都子母子也身在其中，跟园中孩子的父母不断重复着道歉与接受道歉。

话虽如此，之前多是无关痛痒的追逐打闹，如今日这般严重的情况从未发生过。

"下午室外活动的时候，大空小朋友从攀登架上掉了下来，落地时没有站稳，似乎是扭到了脚。"

"有没有骨折，或是受了重伤？"

"啊，没什么大事。医生说只是轻微的扭伤。"

"这样啊。"

总之，暂时放下心来。园长的脸色稍稍沉了下来。

"最近，跳攀登架的游戏盛行，园里也是多次提醒，让孩子们不要再这么做。不光是大空小朋友，朝斗小朋友也曾突然跳下来过。"

"……是的。回家后，去公园玩耍的时候也是如此。"

再三叮嘱过他，不要再这么做。男孩子喜欢刺激的游戏。即使明令禁止，他们也会时不时地趁父母不注意做同样的事情。

"大空小朋友家似乎也提醒过……老师们注意到的时候，已经是在大空小朋友'扑通一声'掉落下来之后了。孩子放声大哭，扶他起来的时候,他叫出了朝斗小朋友的名字。"

脑海中,朝斗的名字重重往下沉去。

在教职员办公室旁边的房间里等候的朝斗,刚才听到佐都子呼唤名字也没有立刻抬头。孩子瞬间就会感染其他孩子的情绪。不知是不是在大空哭的时候也跟着一起哭了,他的脸颊和眼睛都红红的。

大空从攀登架上掉落的时候,朝斗就在他身后。听说他就站在上面一脸茫然地望着下面。

"大空明确说是朝斗推的吗?"

"是的。"

"朝斗说什么了吗?"

"说不是自己推的。"

佐都子屏住了呼吸,自正面直视园长。她很冷静,语气沉重地继续说道:

"说是当注意到的时候,大空小朋友已经不见了。不记得自己推搡过他。自己也只是在爬攀登架而已。"

"这样啊。"

"——并不是要您马上联系对方。大空他们也已经回去了。"

接着园长的话,年轻的老师说道。与园长不同,这位的脸上稍稍露出了为难之色。

"老师们对此怎么看呢?"她问,声音堵在喉头。年轻的老师困惑地看向园长,园长不动声色地直视佐都子的眼睛,掷地有声地回答道：

"教职员都没有目睹事故的发生，没办法下定论。不过，有没有这种可能，或许朝斗小朋友并不是有意推他，可身体发生了碰撞或者蹭到了呢？"

"关于这一点，朝斗他……"

"说是不记得自己撞到或者蹭到过他。"

不知道园长和班主任老师到底相信哪个孩子的话，可大空受伤。老师们用了"事故"这个词，不知道是不是他们有意为之，可佐都子心里还是感受到了些微的安慰。

当然，男孩子都会淘气顽皮，可朝斗基本上是个温柔安静的孩子。虽然即便自己也会做出从攀登架或单杠上跳下的危险行为，但那孩子绝不会去故意推别人。

佐都子的脑海中浮现出了大空母子的面孔。

住在同一栋住宅楼，是朝斗最好的朋友。之前，大空曾在幼儿园里打过朝斗。当时在校车乘车点遇到大空妈妈，对方一派无忧无虑的样子，说："抱歉啊！好像打起来了，咱两家的孩子们。"她很是爽朗干脆，蹲下来直视着朝斗的眼睛，半开玩笑地说："对不起啊，朝斗。你也可以放心大胆地打大空的哦。"说着还抛了个媚眼。

如果是那对母子，应该还好说话。

话虽如此，心情依旧沉重。毕竟是近邻，住在同一栋楼里。不想让彼此心生芥蒂。

跟老师们了解完情况，佐都子再次走进了朝斗所在的房间。朝斗一个人保持着之前的姿势，垂头静静坐着。

"朝斗，回家啦。"

佐都子出声唤他。

一直都在叮嘱他，不准推人，不准打人，不准踢人。也教导过他，不准说谎。

朝斗抬起了头。看进那双眼睛，佐都子差点喊出声来。

即便是自家孩子，不得不说真的很漂亮。光滑的皮肤，黑亮到能看到一圈光晕的头发。修剪到位的直刘海下那双看向自己的眼睛透着活泼，总是那么清澈。

那双眼睛染上了迄今为止从未见过的颜色。是哭过了？抑或是努力忍住了没哭？他将厚厚的刘海紧紧贴上佐都子的手，闷声说了一句：

"……我没有推他。"

硬挤出来的声音就如用久了的抹布，破碎，空洞。一想到被掩住的眼中或许依旧染着同样的颜色，佐都子就感觉心中有什么被紧紧撷住了。"嗯。"她答道。

这孩子会哭，不是因为身上疼，也并非是看大空哭共情了。是因为没人相信他。等待母亲赶来的这段时间里，他必定被众人多次质问，也不得不承受着外界因其回答而诧异的视线。即便是六岁小儿，多少也能明白自己遭到了怀疑。朝斗眼中满是受伤的神情。

"我相信你。"

佐都子答道。手稳稳包裹住了无力下垂着的朝斗的左手。

"妈妈相信朝斗。朝斗并没有推大空。"

佐都子一家入住的高层住宅有四十层，总计三百户。

楼里配备有休息室，有供孩子们玩耍的庭院，整个环境有点像以前的那种团地社区。

都说住在公寓楼里，人与人之间的关系会变得淡薄，可实际上孩子上同一家幼儿园，父母之间的关系也算和睦。有时候来不及接孩子，同一栋楼里的家长也会一并带着别的孩子回来，甚至帮忙照看至傍晚。

大空妈妈跟佐都子也是这种关系。

四十一岁上才有了朝斗，在初为人母的佐都子看来，周围的母亲都很年轻，她时不时也会感到胆怯。她跟染着茶色头发、经常穿着及膝短裙的大空妈妈实际年龄差了十多岁。

给在建筑公司工作的同龄的丈夫清和打去电话说明了事情原委。虽然已经过了所谓"工作黄金期"，但已过"不惑之年"的丈夫归家依旧很迟，周末也要经常加班。当然，连续几日吃住在公司的情况减少了，可身为中层，他又多了其他责任和忙碌。

不过，成为朝斗的父亲之后，情况稍稍有了变化。听了与大空的事情，丈夫的声音变得深沉起来。"我要不要早点回去？"他问佐都子。

"暂时没关系的。不过，我觉得今天得跟大空家联系一下。就算朝斗真的没有推他，大空他都这么说了，他家里肯定是不高兴的。"

在开放式厨房一角通电话时，朝斗正在看电视。小嘴闭得紧紧，盯着画面的表情看上去像是专注于播放的内容，可还是能感觉到他在留意着这边。她放低了声音。

"抱歉啊。"丈夫在电话那头说道。他的背后传来了其他人在打电话的声音，似乎是他的同事。

说真心话，佐都子是希望丈夫也能跟自己一起的。不过，这跟以前相比……做父亲之前的清和身上根本没有一丝会在工作中因家事接听电话的影子。佐都子发去短信，只能安静地等回复，等着总是等不到的电话，总是不安、焦虑。即便做不到，能问一句"我要不要回去"，也说明清和变了。

她没有让他回来，而是说道：

"回来的时候，若是朝斗还醒着，你跟他聊聊吧。我也觉得不是朝斗做的。"

"好的。"

马上五点了。

正式开始准备晚饭之前会比较合适吧？佐都子看向了朝斗。朝斗喜欢的迪士尼电影 DVD 才播放到前半段。他还要看一会儿。

"朝斗，妈妈到隔壁房间打个电话哦。"

听到声音，朝斗将大大的脑袋缓缓转向这边。又大又圆的眼睛盯着佐都子。"嗯。"声音中透着僵硬的紧张。

佐都子走进卧室。

摆放在床头柜上的相框中，朝斗的笑脸让人心痛。心情果然还是很沉重。下定决心拨通了大空妈妈的手机。心脏怦怦直跳，好痛。

呼叫音响过三回，紧张达到了最高点，这时，对面响起了轻轻的一声"你好——"。

"我是栗原。"她自报家门。

"啊，栗原太太。我正寻思着你差不多要打电话过来了。是关于攀登架的事情吧？"

"是的。我刚刚去了幼儿园，听说了。真不知道该怎么办好。"

对于年龄相差十多岁却还是毫无顾忌地与人随意交谈的大空妈妈，佐都子很佩服，却一次也没觉得对方没礼貌。对周围的年轻妈妈们心生怯意总是使用敬语的反而是自己，多亏了她，佐都子也能够毫无顾忌地开口交谈。

大空妈妈的声音中并没有明显的生气的情绪。在电话那头，隐隐听到一个口齿不清的声音在说："妈——妈——这样做可以吗？"佐都子松了一口气。

"大空他没事吧？"

"什么？啊……不是的。刚才是大海。大空似乎被吓到了，已经睡下了。好像腿一动还是会疼。"

口齿不清的声音还在继续。大空家是两兄弟。"妈妈——"另一个声音盖住了刚才的声音。比刚才更显稚嫩的声音，让人不禁讶异，这不应该才是弟弟的声音吗？

声称"大空已经睡下了"的大空妈妈像是要遮过那个声音，继续说道："不过……"她似乎到了一间安静的房间，孩子们的声音远了。

"怎么办呢？我们倒不是说要什么诚意，或是慰问金，你们只要支付大空的治疗费用就行了。话虽如此，大部分应该都会从幼儿园的灾害补偿保险里出。你看呀，大空在上游泳班，痊愈之前是去不成了，所以相应的按月缴的学费、出门的打车费等，随后会统一请你们支付。别的孩子我是不管的，可朝斗我们很熟，不想把事情闹大，你放心。"

对方滔滔不绝，根本没有插嘴的余地。佐都子心中充满了疑惑，可还是鼓起勇气出了声："您稍等一下。"

"朝斗说他没做过。"

佐都子话音刚落，电话那头就传来了不可置信的声音——"啥？"佐都子越发心痛了。

"您听园长说了吧？虽然大空说是被我家孩子推下去的，可我家孩子说没有推他，也没碰过他。跌落的时候也没有别人看到。"

"什么意思？"

这次的声音中明显带上了不快的情绪。"等一下，你什么意思？"气势汹汹的声音在继续。

"哦——？我还真没想到啊。是嘛，所以说，朝斗妈妈不是来道歉的。我本以为，就你这种性格，电话接通的瞬间肯定就会不住地道歉。接通了却并非如此，我正纳闷到底怎么回事呢，哦——"

如孩童般的声声"哦——"传入耳中，像是尖锐的金属音。佐都子也毫不示弱，问道："能不能再问问大空呢?"

"朝斗说不知道究竟为什么会变成这样。他自己只是爬上了攀登架，当反应过来的时候，大空已经跌下去了。"

"问过了啊。这不是肯定的嘛。我问过大空。他说是朝斗把自己推下去的。我问过很多次，答案都是一样的呀。"

大空妈妈的声音渐渐焦躁起来。"难以置信。"她嘟囔了一句。

"我自认为很了解朝斗了，也是吓了一跳。朝斗比我家大空老实多了，又懂礼貌，根本不是能做出这种事的孩子。我也觉得很不可思议，也能理解你没法相信的心情……可是，这样啊——那就是说，朝斗妈妈是觉得我家大空在撒谎?"

"——我并没有这么说。不过，至少我觉得朝斗并没有撒谎。"

"你相信他啊?"

"嗯。"

本以为听到对方的诘责，自己会更加胆怯，没成想却能做到堂堂正正地回应。一想到志忑待在隔壁房间的朝斗，便什么都不怕了。

然后，佐都子突然就意识到了。

她相信朝斗并没有撒谎。而且，就算那孩子撒了谎也没关系。若事后败露了，就算是去道歉、挨骂都无所谓。眼下能确定的，是自己已经做好了跟朝斗一起承受对方怒火的准备。

"那么，我也是相信大空的。"

大空妈妈的回答很孩子气。"说实话，我很生气。"

"这不就是在说大空撒谎吗？喂，我说，你是不打算道歉咯？一直？也不打算支付治疗费，以及因受伤而产生的开销？栗原太太，你不是那样的人吧？家住三十四楼，老公又很会赚钱，我没想到你能说出这么小气的话。"

"这跟小气什么的，不是一回事吧。"

一同入住的这栋公寓楼随着层高的不同，价格和套内格局也大相径庭。她说的大概是这个。佐都子家是分期付款购入的，可租住在七楼、房间也少了一间的大空母子每次来家里，都会十分感慨："哇！二十楼以上果然不一样哇！"

钱不是问题。付钱也无所谓。佐都子生生压下了要脱口而出的话。

后悔。无论关系多好，都不应该直接联系的。幼儿园究竟为什么要错开时间分别叫我们去呢？真应该更认真思考一下。

今后也要上同一家幼儿园，住在同一栋楼里。就算小学，若是上公立，也隶属同一学区。朝斗似乎并没想参加考试。

眼前一阵眩晕，可眼下只有一个念头：决不能退缩。

事到如今，若是被人牵着鼻子走，不相信朝斗，就等于放开了那孩子的手，等于放弃了为人母的资格。

"真讨厌，不想说了。"

大空妈妈叹了口气，声音中透着无所顾忌。

"没想到栗原太太是如此顽固之人。真是幻灭啊。"

"幻灭"，大空妈妈似乎对使用这种强硬的词汇没有任何抵触。像是推开无话可说的佐都子一般，电话就这样挂断了。

握着手机的手、手指都僵住了。明明通话时间很短，脸颊上却留下了坚硬的电话的触感。贯穿全身的疲劳懒懒席卷而来。

"——妈妈。"

声音响起。

卧室门被轻轻打开，朝斗探头看向这边，一脸要哭出来的表情。佐都子慌忙应声，一脸无事的表情走近孩子。他踩在走廊地板上的脚丫看起来很冷。

"不冷吗？"她问，蹲下身来触摸脚趾，朝斗这次只是低着头不发一言。

——朝斗没做过，对吧？

眼看要问出口的话，马上被吞进了肚子。

这是在强迫这孩子说出自己希望的答案。蹲着耐心等待着，终于，朝斗喃喃说道：

"还能跟大空一起玩儿吗？"

咬紧嘴唇。

大概他那小小的脑袋瓜正在全速运转，心中一直被这样的担心塞得满满当当吧。"嗯。"佐都子点头。其实自己也不知道，可还是言之凿凿："没关系，不用担心。"

（三）

次日，去幼儿园的校车停车点时依旧很紧张。

也想过要不索性让朝斗今天请假，可总不能一直如此。

清和担心地问"今早要不要陪着一起去坐校车"，可想到昨天被大空妈妈说"老公很会赚钱"，佐都子还是决定不要跟上班前的孩子爸爸一同出现了。

清和昨晚比往常回来得早，难得跟朝斗一起泡了澡。一直想知道他会怎么跟朝斗谈，可他只是在最初摸了摸自家儿子的脑袋，笑着说了句"明明什么都没做，可真是灾难啊"，自此没了下文。朝斗应该不懂"灾难"这个词儿的意思，可他听后安心地点了点头，没有直视父亲的脸，一脸害羞地怯怯回应了一声"嗯"。

他自己提出"今天也要去幼儿园"。伸手穿进幼儿园制服上衣的时候也丝毫没有厌烦的样子，自己轻轻松松就穿好了。

尽量不要在意。见面时，万一被口出恶言也绝不能动摇。佐都子做好了充分的心理准备下楼一看，竟然意外地发现，老地方并没有大空母子的身影。

"早上好。"

一面暗暗觉得泄气，一面放下心来跟其他妈妈们打招呼。她们猛然看向了这边，看来是知晓了昨天幼儿园里发生的事情。气氛稍稍变得紧张起来。

"早啊，栗原太太。"

住在二十七楼、孩子比朝斗小一岁的华绘妈妈招呼道。其他五六位妈妈也纷纷效仿，略显担忧地看着这边，稀稀拉拉地道了早安。每个人都比佐都子年轻。

　　其中，以三十八岁高龄生下华绘小朋友的华绘妈妈跟佐都子仅相差四岁，大概是源于此，二人关系相对亲近。她说了声"朝斗也早上好呀"，朝斗也歪头回了一句"早安"。华绘松开了妈妈的手，邀请朝斗去楼旁的花坛。两个孩子走远了。

　　这时，华绘妈妈才低下声音说道：

　　"大空他们刚刚已经走了。说是这段时间会打车，去幼儿园之前要先去趟医院。"

　　"——这样啊。"

　　"有够受的吧？"

　　原来，大空妈妈早上特意跟等校车的家长们讲了整件事情。她到底是怎么描述自己母子的呢？佐都子有点想知道，心里又有一个声音说绝对不想知道。无论如何，都不希望让朝斗听到。

　　"大空妈妈那个人有点怪怪的。"

　　别的妈妈牵着孩子加入进来。

　　"我也不想这么说，不过，我觉得这里面有嫉妒哦。最近每次遇到大空妈妈，她总是抱怨老公的工作不太顺利，自己不得不外出打零工。"

　　"是的是的。大空和大海两兄弟也因此突然延长了留园时间，明明之前都是准时放学的，孩子们也很有压力吧。"

华绘妈妈说："还是别太放在心上为好。"

"嗯。"

佐都子口中应着，也不知道接下来要说些什么。什么都不说也很奇怪，便道了声"谢谢"。

平日里，大空妈妈经常会在楼里毫不掩饰地说："买房的跟我们这种租房族就是不一样啊……"并想要得到其他妈妈的赞同。任哪位家长听了，脸上都会浮现出很微妙的表情。因此也有很多人并不喜欢她。不觉得她是坏人，但是一个自说自话、不在乎别人看法的人。

可是，问题并非出在家长之间。

朝斗和大空之间可能有一个孩子撒了谎。这件事在大空妈妈听来会是怎样的感受呢？谁也没有提到过这一点。

也有人劝她："毕竟是孩子们之间的事情，索性道个歉呢？"

"若是一不小心被缠上就麻烦了。道个歉，让这件事到此为止也是个办法。大空妈妈刚才怒气冲冲地说要保留所有的出租车发票呢。"

"是嘛。"

如果不刻意轻轻带过，真是无法忍受。"该怎么办呢？"她苦笑着，打发着等校车的时间。——这样下去，必定会被她捷足先登，在共同的熟人面前散播，说是朝斗做的。

校车来了，从公寓楼的门厅走出去，送朝斗上车。挥手道别，直到再也看不见儿子的身影。再次转身看向门厅，突然就从这庞大的建筑物身上感受到了压迫。

深呼吸，仰头望向自己这栋公寓楼的顶层。微微阴沉的天空中明明透着亮光，可无论怎么去追逐光芒的来处，也寻不到太阳的身影。

佐都子的预感成真了。那日傍晚，购物回来，在公寓楼的门厅正面遭遇了似是刚结束工作回来的大空妈妈和孩子们。大空妈妈正在跟其他母子聊天。那位母亲抱着襁褓中的婴儿，看上去跟大空一家很熟稔，而佐都子并不认识。

"知道吗？每天都要换绷带，洗澡也很麻烦的。缠着绷带从外面看不到，全是擦伤，伤口里还进了沙子。"

声音在外面都能听到。

虽然决定要大大方方行事，可今天还是避开了她工作的超市，去了别的店。想着千万别给她看到手提购物袋上的 logo，赶紧将带有 logo 的一面紧贴着身体掩藏了起来。

眼看着佐都子母子进来，正在交谈的大人们略显刻意地适时停了下来。

"您好。"佐都子一不做二不休打了个招呼。抱着婴儿的母亲一脸困惑地点头回应："您好。"大空妈妈保持沉默。她冷漠地背过脸，对抱着孩子的母亲说了声"拜拜"，随后便视佐都子为无物，带着两兄弟出去了。明明说要乘出租车的，兄弟俩却都戴着骑自行车时必备的头盔。

平日里活泼开朗的大空低着头，紧盯着他的朝斗抬起了脸。戴着红色头盔、默默依偎着母亲的大空右腿上的绷带让人心疼。孩子受伤，略显夸张的绷带包扎，光是看着便已觉心痛。

朝斗今天在幼儿园里似乎主动跟大空搭讪过。

可是，大空并未理会朝斗。他只是支支吾吾地说妈妈不让跟他说话，便去找其他孩子了。佐都子听到这些，心中五味杂陈，不禁视线下移。

身边的朝斗提着自己的零食和早餐吐司，依旧盯着大空消失的方向。

不能灰心丧气。

"朝斗，我们走吧。"

牵起儿子那无力的小手，佐都子走向了电梯间。

要跟往常一样。

要跟之前一样。

——不论被说了什么，都绝不能动摇。

不断告诉自己，这种事无论如何都要忍耐。

"不要去在意。"跟清和也聊过该如何面对。丈夫对仅有几面之缘的大空妈妈如今也持批判态度："这都是什么人啊？"

他甚至提出要不要请公司的顾问律师介绍一位哪怕不是专业的，但是熟悉民事纠纷的人士，可佐都子拜托他不要这么做。不过是孩子们之间的小事情，没必要如此不成熟。而且，事情闹得越大，朝斗越是受伤。自那以后，大空妈妈也再没直接来过电话。

虽有些自夸嫌疑，朝斗的确是个聪慧的孩子。即便什么都不说，他也似乎可以感知到父母心中所想。他会突然紧紧抱住父母，然后闷闷地道歉说："爸爸，妈妈，对不起。"睡得也不安稳，哪怕在玩耍，也一副怏怏的样子。

听到他道歉，佐都子心里难过极了。

"怎么了？"

装着毫无察觉，强忍着泪水抬头。用看上去不可思议的眼神定定看着儿子。

"为什么道歉？朝斗并没有错。"

说完，拨乱他厚厚的刘海，状似无意地说："刘海该剪了。"

能够忍耐。这没什么大不了。

只是，每当孩子道歉，佐都子和清和都忍不住想问："你真的没做过吧？"

要压下这股冲动，别提有多辛苦。

有一晚，在床上读绘本哄睡，躺下的朝斗突然出声："那个……"

"怎么了？"

"——我，是不是说推了大空比较好？"

心下一惊。

睁大眼睛，忍不住盯着他的脸。难道是真的——？怀着这样的心情看进他的眼睛，立刻便后悔了。朝斗的眼中满是受伤的神情，就跟那天在园里被大家质问时一样。

他是明白的。

他能感受到，因为自己，身边的人陷入了为难。若如此，这便是佐都子和清和的错。事实上，在这如坐针毡的日日夜夜，佐都子也曾想过"朝斗还不如就此承认"。甚至还想过"一起去道歉的话，就算被责骂也无所谓"。

"没有的事儿。"

本想着一笑置之，嘴角却很难勾出合适的弧度。她强忍住即将夺眶而出的泪水。

必须相信儿子，可自己的这种情绪似乎也将孩子逼入了绝境。

"朝斗只要实话实说就好。"

踌躇半晌只说了这一句话，朝斗安静下来，似乎在思考着什么。终于，他点头，小声应了一声："嗯。"

"妈妈，给我读绘本。"声音听着稍稍明快了些，佐都子笑着翻开了书："好嘞!"

不知道这种日子究竟要持续到什么时候，状况却在两周后发生了变化。

"不好意思，今天能不能请您来一趟?"幼儿园再次打来电话时，心中充满了不好的预感。除此之外，还会发生什么呢?

"是跟大空有关吗?"佐都子问道。打来电话的园长也承认："是的。"

朝斗应该还在幼儿园。佐都子匆忙一个人出了家门。等从幼儿园回来再联系清和吧。

脑海中突然闪现了一个想法——或许不得不考虑换幼儿园了。自己是相信朝斗的，可不好的预感却依旧挥之不去。任何时候、任何场合都可能会遭遇荒唐的对待。若是被劝退，若是对方让自己为了大空母子转园……她已经做好了心理准备。

到了幼儿园一看，大空母子这次也坐在那里。要在教职员办公室直接面对面讲一些难以启齿的话吗？佐都子全身绷得紧紧的，可出乎意料的是，她被带进了一间只有老师们在场的房间。

第一次被请来幼儿园那天一脸哭相的朝斗，今天也正在跟选择延时服务的孩子们玩耍。他跟大家一起待在幼儿园中最宽敞的大厅里。仔细找了一下，孩子中并不见大空兄弟俩的身影。

"是关于攀登架的那场事故。"

"嗯。"

"今天早上，大空跟妈妈坦白是自己跳下去的。"

"什……"佐都子险些惊叫出声。"实在抱歉。"园长站起来，深深鞠躬。稍后，班主任老师也站了起来。同样的，面向佐都子，深深地、久久地鞠躬。

"虽说无人目睹经过，我们却原封不动转达了孩子的话，给栗原太太和朝斗小朋友带来了非常糟糕的体验。真的非常抱歉。"

"究竟怎么回事？"

她慌忙请他们起身。在接受道歉之前，更想知道到底发生了什么。

园长端正了姿势。"我可以坐下吗?"这询问也让人焦急。"请坐。"

"自前天起,大空小朋友就一直请假。"

园长坐回原处,一脸认真地说道。

"好像是他早上赖在床上一直喊着不想去幼儿园,妈妈劝他起床的时候他说出来的。说被朝斗推下攀登架是说谎,问能不能跟朝斗讲话。"

一时不知说什么好。年轻的老师边斟酌边补充道:

"听说大空妈妈不让大空跟朝斗讲话。"

"大空为什么要撒谎呢? 竟然说是被朝斗推下去的。"

"之前也解释过……"

园长答道。

"园方和家里都曾多次告诫过大空,让他不要再玩跳攀登架的游戏。特别是在家里,弟弟会模仿,非常危险,所以家长也严肃叮嘱过他。言辞非常严厉,说是如果下次再跳,就不让他进家门。——事实上,当初叮嘱他的时候,就曾把他关进衣柜里长达数小时,大空也哭着保证'再也不敢了'。"

可以想象。大空家里的管教也很严。

园长叹了口气。

"可是,那天还是跳了下去。一直以来都是挑大人不注意的时候,也一直没出什么事情。所以他大概是觉得只要不暴露就好。可那天没站稳受了伤,哭声引来了大人。……当时太惊恐了,太怕被训斥，就说了谎。”

园长一脸难过地皱起眉头，看向佐都子。

“当然，这件事并不是一句‘不过是个孩子’就能揭过的。他跟朝斗平时就是好朋友，所以当时不假思索就说出了他的名字。大空小朋友应该也没想到事情会闹得这么大。这两个星期，满心混乱的他应该也过得很煎熬。——您能不能原谅他呢？”

闻言，佐都子深深吸了一口气。

事后她才意识到，在这种场合下，即便大发雷霆也无可厚非。无端被怀疑，经历了多少痛苦煎熬——就算当场怒火中烧也丝毫不奇怪。

然而，她心中澎湃着的，却是排山倒海般的放心。

朝斗。在心中默念他的名字。

朝斗真是个好孩子——好想立刻夸夸那孩子。那孩子真的没做过。

自己选择相信那孩子，果然没错。

仔仔细细想过一遭，其他的一切都不重要了。

“如果正式向朝斗道歉的话。”佐都子答道。

“可以让我们跟大空好好谈谈吗？朝斗这段时间都没能跟好朋友一起玩耍，也是难过得紧。”

“明白了。我也打算跟班主任一起向朝斗小朋友说明情况。”

“我去叫他进来吧。”

年轻老师走出房间，把在大厅里玩耍的朝斗带了过来。

一脸担心地踏进教职员办公室的朝斗在看到佐都子的瞬间，脸色亮了起来。

"妈妈。"

佐都子也叫着"朝斗"的名字，伸手抱住了快步扑进怀抱里的孩子。手放在小小的脊背上抚摸着他。

在傍晚打来的电话那头，大空妈妈在哭泣。

"——对不起啊。"

声音低沉，微微颤抖着，让人差点没认出来是她。今天不知道孩子们在做什么，她身后一片寂静。

"没事了。"佐都子回道。这是真心话。

大空妈妈闻言，一时说不出话来。短暂的哭声过后，接着便是孩子般的道歉：

"对不起啊。大空说害怕挨骂。我自己也觉得朝斗推他很奇怪，是真的这么想的。可是，大空他……"

"没事的。别放在心上了。更重要的是，你不要再责骂大空了。"

"我做不到啊。"

大空妈妈的哭声越来越大。

"我打了他。难以置信。明明是自己的错，却推在别人身上。甚至是出卖朋友。这种，这种，让人难堪、品行不端的东西，我可不记得曾这么教过他……"

抽抽搭搭的声音混在其中。她低声道："这可怎么办啊。"声音中透着无奈。

"让朝斗妈妈和朝斗不得不经历如此糟糕的事情。我还跟周围的人都说了。你一定很生气吧?"

"……没事了。"

佐都子耐心地应着。事实上,对方都这样道歉了,也就没其他的要求了。

前天便请假的大空恐怕早些时候就跟母亲坦白自己说谎了吧?闹得人尽皆知的大空妈妈肯定也想过要堵住孩子的嘴吧?就算有这种想法,也没什么好责怪的。只是,婴儿也就算了,已经上大班的小朋友肯定会自己说出来。家长也阻止不了。

而且,其实是大空妈妈自己联系的幼儿园,说"是自家孩子的错"。

这样就足够了。

"很难说出口吧?真相。可是,您还是主动联系了,谢谢您。"

佐都子的话就像个信号,大空妈妈听完便"唔"了一声,说不出话来。她突然想到二人之间十多岁的年龄差。自己跟这个人竟然孩子同龄,这个世界真让人看不懂。不可思议。

嚎啕大哭的大空妈妈最后又一次道歉:"对不起。"

（四）

攀登架事件圆满解决后的第二周周六,上同一家幼儿园的几个家庭商量好一起去动物园。是一位关系好却不住在同一栋楼的妈妈特意组织的。

"为了缓和关系去动物园吗……"

有重要工作的清和即便周六也不能休息，边打领带做出门的准备，边无奈苦笑。

"还真是厉害啊。明明是我们被骂得狗血淋头，深受其害啊。"

"事情已经过去了。而且，对方也诚心道了歉。如此一来，朝斗和大空都能心无旁骛地安心住在这里，我觉得这才是最重要的。"

"你这话倒也不错。"

清和笑道。"爸爸，您走好呀。"面对贴在脚边的朝斗，他应了一声，道了声歉："不能陪你一起，对不起啦。"

嘴上虽然这么说，清和对大空母子似乎也并没有更多的厌恶。身穿正装，带着点心正式上门拜访的大空爸爸非常讲究礼数。尤其是大空，明明还是个孩子，却老老实实跪坐着，向朝斗和自己诚恳道歉，这给他留下了非常好的印象。

"我争取晚饭时间赶去动物园附近。在上野，对吧？一起吃饭吧。"

"没关系吗？工作不忙吗？"

"没事没事。今天要去做宣讲的重建车站就在附近。"

这时，电话响了。

不是手机。是装在客厅里的座机。

"哦？电话。"

清和道。"来了来了。"口中应着走向客厅，佐都子心中却在犯嘀咕，说不定又是那个人。电话总是趁着清和不在的时候打来，佐都子甚至都忘记要跟丈夫商量最近这连续不断的无声电话了。

"您好，这里是栗原家。"

本以为，肯定还是一片沉默。

可是，她错了。

"——喂。"

如幽灵一般的声音。

听上去断断续续、缥缈不定的年轻女性的声音似乎感受不到所谓的"生气"。

"您好。"

是没有听过的声音。佐都子心中诧异，试着询问道："请问，您是哪位？"

询问时，突然就有种直觉，这段时间以来的无声电话的始作俑者就是这个人。她稍稍紧张起来，换了手拿听筒。

声音说道："我是 KATAKURA。"

"是栗原家吗？"

"是的。"

"那个……"

电话那端出现了数秒的沉默。如下定决心般，声音再次响起。

"希望你们能把孩子还给我。"

"什么?"

胸口被重重叩了一下。随后,细细回想刚才的名字。

KATAKURA。

当脑海中浮现出对应的汉字时,她不禁睁大了双眼。

片仓。

女人的声音继续说道:

"是我生下的孩子。——你们的养子。"

心脏的鼓动声越来越快,越来越响。面对失声的佐都子,自称"片仓"的女人的声音却渐渐冷静下来。

"他在的吧。ASATO。"

"呀哈哈哈哈哈!"——朝斗响亮的声音在家中回响。"站住——"清和叫着,要去抓住朝斗,挠他的痒痒。

两组大小不一的脚步声进了客厅。清和看到电话前的佐都子,停了下来。

"——怎么了?"

丈夫看到佐都子的脸,不由吃惊地问道。

拿着听筒的手仿佛不存在。

佐都子一脸茫然地听着。混乱和迷惑猛烈地撼动着她的心。

然而,在下一个瞬间,她决定了。

深深吸了一口气。手放在胸口,听着心脏鼓动的声音。告诉自己,要冷静。

目光投向留意到接电话的自己而看向这边的丈夫和儿子,清和一脸担心地无声问道："没事吧？"心中祈祷着这边的情况不要被对方察觉，佐都子无声地连连点头。

挥着右手做出让其离开的动作，清和似乎明白了什么，凑近朝斗的耳边，跟儿子轻声说道："看看，要穿哪双鞋子呢？"朝斗一副摸不着头脑的表情，可还是马上应声点头，跟父亲一同消失在玄关。

看着他们的背影，佐都子胸口闷闷的。他长大了。

"是片仓光小姐吗？"

从未忘记过那个名字。

电话那头有了一瞬的沉默，茫然的沉默。"是的。"对方答道。

"——那是什么意思？希望把孩子还给你是什么意思？"

"字面意思。那是我生下的孩子，希望你们能还给我。"

明明说着强硬的话，她的声音听上去却是断断续续，弱弱的。佐都子也鼓足力气问道：

"你的意思是从我们这里领走朝斗，跟他一起生活吗？"

"是的。"

"为什么事到如今——"

明明想着得谨慎选择措辞，可还是冲动出口。发自内心地想问问："为什么事到如今……"

对方并没有忽略佐都子的怯懦，语气稍稍变强。

"我什么时候想都没关系吧？我们血脉相连。那是我的孩子。"

当说到"血脉"时，对方声音微颤。

事出突然，佐都子手持听筒动弹不得。而对方接下来的话出人意料。

"如果不愿意的话，"女人的语速变快了，"那就给我钱。"

"请准备好钱。这样的话，我会放手。——我的事一旦泄露，肯定非常麻烦吧？如果你们不给钱，我就散播出去，告诉你们周围的人。"

事出突然，一时无语。女人的声音还在继续。

"那孩子的学校，你们的邻居，当然那孩子本人，我都会说。如此一来，你们会很麻烦吧？"

终于意识到，自己被威胁了。不断眨动的眼皮如痉挛般抖动着。

第一次听到这种声音。如幽灵般毫无生气的第一印象并没有改变，可这个人却说着与这一印象截然相反、充满了现实感的金钱的话题。朝斗和金钱，这两个毫不相干的存在，在佐都子心中怎么也无法合二为一。

"——明白了。"佐都子说。

并不是同意准备钱。

"我们见面谈吧。"佐都子提议。

（五）

电话中的女人知道佐都子家的地址。

要在电话中告知住址时，她回答说："大概知道。""你们还住在之前那个地方吧？"难道她之前也来过家附近，探看过周边的情况吗？佐都子想到此，身体不禁微微发抖。

"……你是怎么知道这个电话号码的？"

"是从 Baby Baton 那里知道的。"

Baby Baton 是一家为佐都子他们办理儿童领养业务的民间团体。如今已经不存在了。大约三年前因运营艰难而解散，之后的事务由同类型的其他领养服务机构接管、统合。听到这个名字，佐都子不禁全身紧张起来。

这并非在外面可以交谈的话题。

若不借这次电话定下见面之约，自己根本就没办法联系到对方。必须要见一面，佐都子也压抑不住这样的心情。

与她约好，请她在朝斗去幼儿园期间过来。

约在星期三，是因为知道丈夫周三只要出席下午的例会即可，在此之前并没有其他的工作安排。

接到电话后的星期六动物园之行也好，之后每天接送朝斗往返幼儿园也罢，佐都子未曾向任何人提及此事。心中当然是乱成一团，可至少从表面上，朝斗和其他人应该都没觉察到异样。

动物园里，看着已经和好的儿子和大空一起喂兔子的身影，佐都子松了一口气。大空妈妈一脸无事地说自己烤了布朗尼，将切成一口大小的蛋糕分发给佐都子和其他妈妈，也让她很高兴。

那之后，她跟清和多次谈起电话中的女人。

那女人自称"片仓光"。她来威胁，索要钱财。听完，清和也是无话可说，然后得出了同佐都子一样的结论——见见再说。

平时总是很难请假的丈夫毫不犹豫地表示，自己也会在场。平时总是工作至上的丈夫竟然说出这样的话，让佐都子深深感到这是家里的大事件。家里发生了最重要的事情。

女人来访的那日早晨，她在公寓楼的门口送走朝斗后回了家。清和整整齐齐地打着领带，坐在客厅看报纸。如果事情结束得早，他下午会去公司。佐都子心中祈祷着一切顺利，动手刷起了丈夫的鞋子。

"朝斗走了？"

"是的。"

对话结束。

目光注视着报纸的清和大概也一个字都没读进去吧。佐都子收拾完早餐的碗筷，晒洗衣服期间也是心不在焉。

天气晴朗。

一碧如洗的天空下，晾着朝斗纯白的内衣。有一件领口稍稍松了，佐都子心想等明天再穿一次就扔掉吧。突然发现，在根本不知道接下来将要发生什么的日子里，自己也依旧相信，明日之后，这样的生活依旧会继续。真是不可思议。

公寓楼外，今日无风，甚为舒爽。公寓楼内的公园里传来了不知哪家母子玩闹的声音。大概要去什么地方吧，貌似是妈妈催促孩子的声音传了过来："听话，快点——"

约好的十一点到了，无人到访。

客厅时钟的指针走过十一点十分时，清和从报纸抬眼看向了时钟。走向二十分的时候，他低语道："还不来吗？"

一小时过去了，十二点时，他折好报纸，从沙发上起身，开玩笑般低声对佐都子说："会不会是恶作剧呢？"

不来，也没关系。可是，佐都子也不由担心，自己确实说的是今天吧？时间对得上吧？心中不禁忐忑。

内心煎熬间，时间又过去了十分钟。再这样下去，幼儿园也要放学了，朝斗就要回来了。清和特意请假在家也让她很过意不去，可丈夫今天却没怎么在意，大概是觉得不用与对方见面，心中也畅快吧。他甚至还开朗地问她："机会难得，要不要找个地方出去吃点东西？"

"可是，朝斗他……"

"哦，——是啊。"

清和看向时钟。

就在这时，家中的门铃响了。是从公寓楼门厅处呼叫房间的门铃音。

二人对视，清和屏住了呼吸。沉默着扭头看向墙上的可视对讲门禁。

"——你好。"

按下通话键，可视对讲机的画面里出现了一个人。清和也站在佐都子身边，看着画面。

在粗糙的画面里，站着一位戴白帽子的女性。很瘦，帽子下的长发染成了明亮的颜色。朝斗的母亲应该只有二十岁。

她自报家门："我是片仓。"

第一时间在这张脸上寻找跟朝斗的相似之处。

在玄关将她迎进门，送上拖鞋。"请。"她单独一人，微微垂着头，应了一声，默默换上拖鞋。那张面孔仿佛要逃离佐都子和清和的视线一般，不与其对视。

上身是粉色夏季针织衫，下身穿了条长度在膝盖以上的短裙。染过的头发发根是黑色的，对比过于明亮的发色，稍显突兀。电话里如幽灵一般的印象延续到现实，她看上去很不健康，皮肤粗糙。即便化了妆，也看得出妆容下的脸色很差。眼部涂着厚重的睫毛膏，茶色珠光眼影浮动在低垂的眼睛上方。

"我迟到了，实在对不起。"女人隔着对讲机在公寓楼门厅处为一小时以上的迟到道歉，随后便是沉默，进到房间后也还是一言不发。

将她迎进了里面的和式房间，避开了散落着朝斗玩具的客厅。这个房间平时不用，只有老家的双亲来参加朝斗的运动会时会用作卧室。平时不怎么用的房间里的坐垫都是冷的。

泡好茶，放在她面前。如此面对面坐着，她也依旧不说话。

似乎是在等着他们开口，一直沉默着。

观察她耳朵的形状。

回忆起朝斗的耳形，试着重合二人的面容。像吗？不知道。似乎是有点像？

佐都子早就做好了心理准备去面对各种打击。

越是觉得幸福，就越会在某个瞬间突然想到，也许迟早会有这么一天。或许，迟早有一天，与朝斗长得一模一样的母亲会出现在自己面前。她反复在心中预演着自己伫立在处处都能找到朝斗影子的面孔前遭受打击的一幕，时时做着心理建设，就在这样的状态下，跟那孩子共同生活到现在。

然而，她无法确定。

每天恨不得脸碰脸，围绕在身边的朝斗的脸，跟眼前这个女人的脸，像吗？

——六年前，哭泣着拉住佐都子的手，泪流满面不断重复着"对不起，谢谢你们，这孩子就拜托你们了"这三句话的、我们那位小小的母亲，真是眼前这个人吗？

"……你，是谁？"

开口的，是清和。

跟清和一直在商量，今天见了这个人，到底要说些什么。然而，清和毫不犹豫地开了口。佐都子微微诧异，可心情跟丈夫是一样的。

眼前的这位女性——威胁者——第一次有了反应。"嗯？"她微张着嘴，错愕出声，或者，那声音根本算不上是声音。

"不好意思，你应该不是我们朝斗的母亲吧？通常来说，特殊领养的话，亲生父母与养父母到最后都不会相见。所以，你大概觉得能够蒙混过关。可我们跟那孩子的母亲曾有过一面之缘。"

女人的表情僵住了。佐都子紧紧盯着她，生怕错过她脸上任何一丝变化。清和继续说道：

"我们去抱朝斗回来的时候，破例允许我们见了一面，虽然只有短短几分钟。听说这也是对方的请求，朝斗的妈妈在双亲的陪同下与我们见了一面。"

或许是想起了那日的事，清和似是要强忍住某种情绪，眨眼的次数减少了。当时，朝斗的母亲还只是个十几岁的中学生。

女人睁大了双眼，睫毛微微颤动。摆放在面前的佐都子泡的茶水表面浮起了一圈小小的波纹——明明没有人碰过。

"——我认为，你不是那位母亲。"

清和下结论，斩钉截铁。

听罢，佐都子也开口说道："自接到电话那时起，我就这么想了。"

"那孩子的母亲若是想见见现在的朝斗，改变主意想要带走朝斗，我都能理解。可是，竟然会提到钱，我怎么想都觉得奇怪。那孩子——我们的小妈妈并不是能说出这种话的人。"

接到电话后，跟清和聊了很多次。

那一日，流着泪将朝斗托付给我们二人的那位小妈妈并不只是朝斗的母亲。她将朝斗带到了这个世界。没有她，我就不会与那孩子相遇，不会成为母子。那位小妈妈是我们和朝斗，是这个三口之家的顶顶重要的"母亲"。

决不允许任何人轻视、贬低那位重要的母亲。

"我们的确跟 Baby Baton 交代过，今后如果那位母亲有需要，可以把朝斗和我们的联系方式透露给她。Baby Baton 这个机构如今已经不存在了，可即便如此，我觉得他们也不可能不打招呼就背着我们将联系方式告诉你。——接到电话之后，我们马上联系了接手 Baby Baton 业务的机构做了确认。"

机构解散和交接期间或许多少会有点混乱，可基本上会对个人信息严格保密。这是机构的回复。

在佐都子他们最艰难的日子里设身处地为他们着想，如亲人般陪伴在他们身边的 Baby Baton 出于运营资金不足、创始人年事已高等各种原因，于三年前解散。非常遗憾，可 Baby Baton 一手组建起来的领养家庭联谊会还在继续。大家联系密切，如今也一直保持着交流，携手共进。

"不知道你是从何处得知我们的事情。——或许是解散时比较混乱，出现了资料泄漏。你因此拿到我们的联系方式也并非不可思议的事情。"

这也没有关系。清和继续道：

"问题是你的目的。是你要将朝斗是我们养子的事情散播出去的威胁。"

"……那个。"

女人终于开口。依次看向清和和佐都子。毫无生气的眼中第一次浮现出了情绪。看不透是愤怒，还是困惑。她斩钉截铁地说道："就是我。"声音稍有些嘶哑。

"上次见面已经是很早之前了，也许气质稍稍有了变化，不过，我的确是片仓光，是那个孩子的妈妈。"

"那我想请问，您的目的是什么？是要领回朝斗，还是要钱？"

"领回。"

"真的吗？"

清和的语气很坚定。她曾说出口的威胁没那么容易从佐都子他们的脑海中抹去。

刚见面的时候没有留意，女人的双眼微微充血。她拼尽全力看向这边，可佐都子却开始觉得自己夫妻二人似乎在做一件幼稚的事情。她渐渐觉得，自己是在欺负这个年轻的女人。

"不是为了钱吗？"清和静静地问道。

"不是。"她如此作答，气势上却似乎矮了一截。失去了从容，满心焦虑。

佐都子和清和从未想过对朝斗放手。那孩子是自家的孩子。

事出有因无法抚育孩子的母亲，与想要孩子却无法生育的夫妇之间在婴孩尚在襁褓之中时便办理领养手续的"特殊领养"与孩子长大之后才进行的领养不同，从户籍关系上来说，孩子也会被登记为领养夫妇的亲生子。

朝斗也被登记为佐都子夫妇的亲生子。不可能因为对方是亲生父母，朝斗就会被轻而易举地夺走——这个女人应该也是清楚的吧。

"提到钱，是想到若你们不愿意放手就……我觉得，你们一直想要个孩子，突然要求你们放手，肯定不会乐意。只是想着你们定是无论如何都不会放手，我是出于这个想法才那么说的。"

女人的解释很稚拙。无论说什么都无法掩饰的那种愿望露骨地传达过来。随后可能会继续提起的、旨在要回孩子的具体的话，却并没有从女人口中听到。她咬了咬嘴唇，说："给我钱，我就放手。"

只是想象一下，就头晕目眩。佐都子夫妇若是把朝斗交出去，眼前这个女人肯定对朝斗束手无策。若最初的目的就是钱，哪怕死也不希望她说出那样的话。无法想象，顶着杂乱的头发、带着脸色极差的妆容出现的她，生活中怎么可能有朝斗的容身之处。

在电话里就不得不口出威胁，她是不是也遇到了什么火烧眉毛的事情？

"毕竟你们也会很为难吧？如果跟周围的人曝出养子的事情。若如此……"

"那可算不上威胁。"

清和的语气依旧很淡定。

"我们早就跟朝斗说过他是我们的养子。那孩子的幼儿园老师、同学的父母、周围的邻居——大家都知道这件事。他作为我们家的养子生活到现在，我们没什么需要忌讳愧疚的。"

女人睁大了眼睛。

佐都子记起来了。

抱朝斗回来后不久，在楼下门口被同样抱着婴儿的母亲搭讪。那是——大空妈妈。她用一贯的无忧无虑的语气招呼道："咱们孩子差不多大啊。"佐都子抱着朝斗的双手微微用力，回答道："是的，这是我的养子。"

心里很清楚，跟领养已是寻常事的欧美相比，在日本，人们还是很难接受这种没有血缘的亲子关系的存在。佐都子已经做好了面对偏见和抵触的心理准备，可真要说出口依旧需要勇气。不过，有了朝斗的喜悦还是胜过了对他人目光的恐惧。

要堂堂正正的，绝不要有隐瞒。这种想法油然而生。

终有一天，一定要跟孩子坦白一切——这也是与 Baby Baton 最初的约定。就算户籍上没有问题，就算当作亲生骨肉抚育的环境万无一失，孩子自己迟早都会觉察到真相。为孩子能够接受这一事实而不断做准备是养父母的责任——这一点在宣讲会上也被多次耳提面命。

告知是特殊领养无法避免的一步。

"这是我的养子。"听佐都子说完，大空妈妈一脸惊讶。一瞬的惊讶之后，她开门见山地问道："这样啊。养子，是从哪里领养的？难不成是不孕不育治疗太辛苦了？"——自那之后，近六年过去了。即便孩子们之间闹了矛盾，即便彼此之间言辞激烈，大空妈妈也没有提及血缘关系，或那孩子是养子的事，仅凭这一点，佐都子在内心深处是信任她的。或许在漫长的生活中她已经忘记了，可即便如此，她依旧心存感激。

清和端正了坐姿，努力不带情绪地淡淡继续道：

"或许我这么说很失礼，如果你觉得仅凭朝斗是养子，就有足以威胁到我们的把柄的话，那你就大错特错了。坦白来讲，我很不高兴。"

"朝斗称呼生母为'广岛妈咪'。"

这次是佐都子开口。温柔地接着语气激动的清和继续说。

"我们觉得在他懂事之前就开始比较好，他刚满两岁的时候就开始一点点告诉他，'朝斗除了妈妈，还有一个把你生下来的妈妈哦'。"

佐都子向她解释道。

他们决定，不要等到他懂事之后再一脸郑重地跟他坦白，而是在每天的生活中遇到合适的时机就跟他说。

那时朝斗三岁。跟佐都子一起泡澡的时候，朝斗突然摸着佐都子的腹部口齿不清地问道："朝宝宝以前是在这里的吗?"佐都子有心理准备。虽然并没有事先确定就是现在，可她回答道："不是哦。"这很需要勇气。

"朝斗除了妈妈，还有一个妈妈，是她生下了你哦。"

朝斗歪着小小的脑袋，若有所思地微微点头，然后问道："她在哪儿啊?"佐都子回道："在广岛哦。"广岛是通过 Baby Baton

居中联系，去迎接刚出生的朝斗的地方。

"广岛妈咪"的称呼，是朝斗提出来的。那夜，朝斗自己主动跟下班回家的清和说："知道吗？朝宝宝有两个妈妈哦。""我还有个广岛妈咪。爸爸，你知道吗？"

自那日起，电视里的天气预报中一出现日本地图，他就会问"广岛在哪里"，很关心"广岛妈咪那里是不是晴天"。

佐都子他们并不清楚，平日里总是端端正正称呼佐都子为"妈妈"的朝斗为何要称呼生母为"妈咪"。不过，佐都子他们也开始随着他一起这样称呼那位小小的母亲。

"广岛妈咪"在这个家里，是切切实实存在的。

"——这，是那孩子的广岛妈咪托付给我们的。"

佐都子今天准备了一个和纸扎成的小盒子。打开盒子，拿出了粉色信封。十几岁的女孩子喜欢的、印着卡通形象的信封信纸套装。她到底是在什么时候，以何种心情准备的呢？每次着到都会觉得心里揪得紧紧的。

在收件人的位置上，只写着几个圆润的字：妈妈的信。

女人一言不发。只是最初摊开在跪坐的膝头上的双手紧紧攥成了拳，视线注视着佐都子拿出来的信。

"她请我们代为保管——希望等到我们跟那孩子说明一切的时候交给他。前年，我们第一次读给那孩子听，而且，接下来每一年，直到朝斗能够完全明白为止，我们打算一直读给他听。这是很重要的一封信。"

说到"重要"时，佐都子声音颤抖了。她眼睛干涩，似乎忘记了眨动。她告诉自己，今天无论如何都不能哭。虽然还不清楚威胁者的目的，但坚决不能胆怯。

"那孩子的母亲写道，'我绝不会忘记朝斗。今后无论妈妈在做什么，都会时时刻刻挂念着你现在几岁了、正在做什么，请你一定要幸福'。"

吞咽口水，盯着不说话，紧闭双唇，似是灵魂出窍般一脸苍白的女人。

"——您在电话里威胁我的时候，说过这样的话吧？'要去那孩子的学校'。"

女人不回答。佐都子继续道。

"朝斗还在上幼儿园。明年才会上小学。"

不想把信中的内容读给女人听，也不想给她看。可是，信上对朝斗的想念与自责是真真切切的。

"我跟丈夫说过，那位母亲是不可能忘记朝斗几岁的。那么，我想问问——你，究竟是谁？"

正在此时——

玄关处传来了家中门铃的"叮咚"声。

嗯？佐都子和清和看向门口。公寓楼的门厅处有对讲设备，基本上不会有人直接按响家里的门铃。稍后，门口响起了闷闷的声音："我回来啦。"

佐都子和清和猛吸一口气。眼前的女人也睁大了双眼。

佐都子马上看向了挂在和室里的时钟。不知道到底过去了多久，但不知不觉间已经到了朝斗回来的时间。可是，就算校车将孩子送到楼下，他也不可能一个人上来。

正想着，听到了另外一个声音："栗原太太。"

是大空妈妈。

"你没去楼下接孩子，我帮你把孩子领上来了哦——你在家吗？"她继续说道，身边是大空和朝斗追逐打闹的声音。

"来了。"佐都子慌忙应了一声，站起身来，眼睛还望着清和与自称是朝斗母亲的女人。

这时，清和开口了。

"怎么办？"

平静，却带着压迫感的声音。女人慢吞吞地用比来时更无生气的眼睛看着清和。清和继续道：

"是朝斗。他回来了。怎么办？你想见他吗？"

女人不回答。表情紧绷，视线下垂。膝头上的双拳静静地握紧，用力。

大空妈妈的声音还在继续。咦？奇怪啊。说着，她向着屋内喊道："喂——朝斗妈妈——"该怎么办呢？朝斗要不要来我家跟大空玩儿？好啊，妈妈——我要跟朝斗一起看电视哟——大空回答道。

门外的声音渐远，佐都子却一动不动。沉默着，屏息着，看着清和跟女人。

心脏怦怦直跳，胸口生疼。根本无法想象，明日之后的生活将会就此笼罩在这突然闯入平静生活的"她"那不稳的阴影之下。

她终于开口。嘴唇干燥，现出条条干纹。

"我……"

◆

警察来访时，已经过去了近一个月。

是个平日的傍晚。

清和不在家，佐都子拿出点心给从幼儿园放学回来的朝斗，自己则在提前准备晚饭。

楼下门厅处有人按响了门铃，佐都子随意想着可能是快递，却在接听的视频画面里突然看到了穿西装的男人。对方自报家门："我们是警察。""什么？"不禁大吃一惊。

刚搬到这边的时候，曾经接受过一次警察的问询，说是做入户调查。可那时候是穿制服的巡警。面对明显跟那时不同的人，佐都子感觉双脚都僵住了。

"我们有话想问您。"听罢，佐都子吃惊地应了一声，点了点头。隔着可视对讲门禁，对方出示了警官证，在惊诧之余，她甚至还在心中某处冷静地想着："啊，这个时候，警察真的会出示警官证啊。"

佐都子闻言按下开锁键，请他们进来。

或许是察觉到母亲的异样，朝斗抬眼叫了声"妈妈"，看向了这边。佐都子马上说了声"没关系"，却不知道到底是什么没关系，为什么会那样说。

打开电视，电视里刚好在播放傍晚的少儿节目。佐都子让朝斗边看电视边吃布丁，自己却不安地等着男人们上来。

出现在玄关的男人有两个。

关上朝斗所在的客厅的门，佐都子开了大门。被貌似要硬挤进来的二人的气势震慑到，她让他们进了玄关。

站在昏暗的玄关里，背后传来电视节目的声音。此时她才突然意识到，自己到走廊上跟他们谈是不是更好一点？

"我们是神奈川县的警察。"

"嗯。"

"你见过这位女性吗？"

站在右侧的年轻刑警拿出了一张照片。看到照片中人，佐都子险些叫出声来。

是那个女人。

是那个来过家里、自称是朝斗母亲的女人。

虽然佐都子没有叫出声，他们也没有忽视她脸上的表情变化。他们面对佐都子，连珠炮般说道：

"这位女性现在下落不明。"

"什……"

"她似乎说过要拜访您家，事实上，也有人在附近看到过她。

而这就是关于她最后的目击情报。你认识她吗?"

佐都子完全搞不清楚事情的走向会怎样。呆若木鸡的佐都子硬挤出声音道:"那个⋯⋯"

"这个人的确来过我家。大概近一个月前。可是⋯⋯"

盯着照片,视线锁定在上面:"这个人她⋯⋯"

"请告诉我。这个人到底是谁?"

刑警出示的照片中的她,比起一个月前见面时,嘴角微微带着笑,表情也还是灿烂明亮的。应该是贴在简历等处的证件照的放大版。

背后传来了客厅的门稍稍打开的声音。佐都子感觉到朝斗似乎在瞄着这边,便马上回头看去,却并未在门边的细小缝隙中看到那孩子的身影。

第二章　漫长的隧道

一想到朝斗来到这个家之前的事，感觉就像身处漫长的隧道之中。

很长，很长，不知道有没有出口的隧道。

不是没有出口，而是不知道到底有没有出口的隧道。

若有人告诉你，没有希望，不会有光，或许能在内心做个了断，可就因为不知道有没有终点，人反而会紧抓不放。

漫长的旅程。即使现在回想起来，那种在暗夜中行走的感觉依旧会缠上心头。

（一）

佐都子与清和相识时二十九岁。

清和与她同年，工作部门不同，却同属一家建筑公司，经过同年入社的同事的介绍，二人相识。交往一年准备结婚时，佐都子问清和"可不可以继续工作"。

当时，公司对外宣传上正着力强调"支持职业女性"的企业方针，营造出女性可以安心休产假和育儿假的职场环境，产假结束回归职场后也会尽可能安排哺乳假等。

公司有着近千名员工，人数众多，会组织宣讲会，请休完育儿假回归职场的女性职员与即将休产假的女性职员分享经验。一位二十几岁结婚、已怀孕的佐都子的同事参加了宣讲会，笑称"担任讲师的女性带来的婴儿非常可爱，自己很受鼓舞，接下来迎接分娩干劲满满"。她还说，即使打算继续工作，休假期间到底要做些什么、申请保育园要注意什么，也都在会上做了分享，很有参考价值。

这是家业务繁忙、需要责任心的公司，可佐都子一直模糊地认为，自己终究也会迎来这一刻。在这激流般奔涌向前的岁月里，自己必定也会经历怀孕这一结了婚自然而然便会迎来的人生大事，不论内心是否渴望，终究会有那么几年沉浸在风平浪静的海面般安静的环境里。结婚的时候，她无条件地这样坚信着。

但也想结婚后先享受一下二人世界。

一旦有了孩子，旅行、去餐厅就餐便可能无法随意成行。在繁忙的工作之余，二人也看了很多舞台剧和音乐会。同根本不被公司寄予厚望的二十几岁时相比，在工作开始有模有样的三十岁出头的年纪，大量的时间和精力都花在了公司交给的工作上，可内心依旧充实。夫妇二人的收入也带来了富裕的生活，没有感到任何的不便。

若是哪天怀孕了，就把孩子生下来。

在这之前，好好享受夫妇二人的快乐时光，好好工作，好好生活。

尚不知"哪天"究竟是哪天，在佐都子和清和三十五岁的时候，佐都子住在老家的母亲打来了电话。

"现在方便吗?"

佐都子的母亲生活在乡下，几乎没有走出过自己居住的城镇，就连生活在东京的女儿女婿家都不怎么来。

佐都子考上东京的大学，选择不回家乡留在东京工作时，她会毫不犹豫地在女儿面前质疑她"为何要离开亲人所在的地方"。她就是这样一个人。

佐都子的弟弟弟媳住得离佐都子的娘家很近，已经有了两个孩子。盂兰盆节或正月里团聚时，佐都子的双亲彻头彻尾地成了他们的好爷爷、好奶奶。

只要没什么要紧事，娘家几乎不会打电话过来。那做作又小心翼翼的声音让人有些不好的预感，可正要准备出门工作的佐都子还是点头"嗯"了一声，肩膀和脑袋间夹着电话，双手准备穿长筒袜。刚打开了一双新袜子，正从脚趾开始往上拉。

"看电视了吗?"对话自此开始。

"电视?"

"前天晚上的。关于人工授精、卵子老化的节目。那个纪录片。"

"啊——"

没看过，不过大致能想象是什么内容。

关于女性的身体、怀孕、晚婚以及不孕治疗的节目和报道如今已并不鲜见。佐都子购买的时尚杂志里都会有关于女性身体的专题报道，这在母亲那代人眼里怪怪的。

不等佐都子回答，她又说道：

"你啊，也就到三十四岁了。"

"嗯?"

"女性能够自然受孕的年龄，说是最晚到三十四岁哦。"

突如其来的话让她一时不知该如何作答。母亲已经完全不掩藏内心的焦虑了。

"佐都子，你今年三十五岁了吧。马上就三十六了。"

"离生日还有半年呢。"

"已经很迟了。你打算怎么办? 在看医生了吗?"

佐都子听着虽有些踌躇却没有半点顾忌的母亲的声音，内心涌出的是愤怒。

并没在看医生，也没考虑过接受不孕不育治疗，可如果自己和清和真的在看医生，这个人又会要做什么呢? 实在是过于大大咧咧了吧。

关于想不想要孩子，佐都子并没有认真跟娘家的双亲聊过。

本来也不是能够开诚布公聊这些的家庭，双亲迄今为止也未曾问起过。直到乡下的母亲因电视上看到的内容感到不安，突然打来了电话。

"妈，你冷静点。我公司的同事和朋友都是三十五岁以后才怀上孩子的。"

"也有那样的人，可你还是去医院看看吧。如果没去过，还是趁早为妙。"

其实，没有孩子也没关系。

跟清和也这么说过。将来若是自然受孕是挺好，但在此之前，就像现在这样一直过二人世界的生活也没什么不好。

然而，迄今为止什么都没提过的母亲如此坚信怀孕生子是自然而然的事，却让佐都子大吃一惊。感觉自己跟保守、老脑筋的母亲说再多也只会是两条平行线。

"我知道了。"

"拜托啦。我们约好了哦。你要去医院哦。"

佐都子满心疲惫地挂断了电话。

刚才正准备穿上的长筒丝袜，也许是通电话时扯到了，已经开始脱线。心累，她叹口气，由着那股焦躁将袜子扔进了垃圾桶。

（二）

周末，提起娘家打来的电话，清和一时无语。

平日里，二人工作忙碌，清和需要彻夜工作，经常跟佐都子见不上面。等到终于可以在周六安安稳稳吃顿午饭时，佐都子却不胜其烦地转达着母亲的担心。听完后，清和顿了顿，苦笑道："不愧是咱妈啊。"

　　"真的，烦透了。"佐都子也嘟囔道。

　　"光是她自己的世界里看到的那些资讯，就已经够她忙的了。在这之前明明一次都没提过。"

　　在这种问题上，毫不顾忌的果然还是自己的母亲。

　　即便在意得不得了，清和的双亲也从未跟佐都子提起过。清和的哥哥和妹妹尚没有结婚的迹象，若是佐都子他们有了孩子，将是公婆的长孙，可他们至今也根本没催生过。

　　"不，可能一直想说，却总是说不出口吧。"

　　"但是，哪怕不要用那种方式也好啊。"

　　"好了，那就去看看呗。机会难得。"

　　清和轻松说道。佐都子有些意外，抬起头来。清和笑着继续说：

　　"咱妈的担心是夸张了些，不过，要不还是去医院看看吧？仔细考虑下也没什么不好。"

　　"——你，想要孩子吗？"

　　佐都子感觉微微一阵胸闷。

　　结婚两年后便不再避孕。虽然并非在积极地测量基础体温，留意排卵日，可心里总想着，等到时候怀上再说，便一直拖到了今日。平日里虽然常常想着，工作忙碌，这时候要是怀上了会很麻烦，但也还是顺其自然了。本以为，清和也是同样的想法。

可是，其实并不然？实际上，如果怀孕了，清和会希望佐都子即便搁置工作也要把孩子生下来吗？

"与其说是想要啊。"清和应着，脸上露出了些许害羞、尴尬的表情。

"不如说是想着有个孩子也不错。我们也马上四十岁了。"

"——这样啊。"

"而且，我爸妈虽然没开口，大概也想早点抱孙子。他们尽量不想让我们有心理负担，可多少能感觉出来。"

佐都子也微微有所察觉。也许可以说，她其实一直在装作看不见。这次被戳到了痛处，佐都子点头："嗯，我考虑下。"

心情比之前还要沉重。一直以为"哪天"会撞上的母亲在电视上看到的三十四岁这个数字，以及清和口中的四十岁，一下子就有了具体的模样。

自从十几岁时月经初潮以来，佐都子的生理期从未准过。

可佐都子无视了这个事实。在高中的时候，听朋友说"差不多要来了"的时候，心中惊讶周期竟然会像机器一般准时，可也仅此而已。佐都子从那时起，月经周期就经常会间隔半年以上。她一直想着，等真正准备要孩子的时候再去医院便是了。

上网查询后才发现，佐都子他们所居住的街道，以及公司附近的终点站，都有治疗不孕不育的妇科诊所。

看到"不孕"的字眼，佐都子心里非常不舒服。在此之前，自己从未强烈渴求过孩子，也从不认为自己会不孕。可如今，自己要叩开的门后会是什么？自己要奔向的又是什么？

不过，佐都子虽然觉得没孩子也无妨，却并非不想要。一旦意识到曾以为的"有可能自然受孕"的日子将一去不复返，突然便切切实实地感到或许得立马行动起来了，或许势在必行了。

"好的，放轻松。"

躺在诊所的检查床上接受阴道超声检查的佐都子闭上眼睛，深呼吸，顺从医生的指示放松。深吸一口气，从鼻腔里缓缓呼出。

生怕会因放任十几岁起便开始的月经不调被训斥，佐都子如小女孩一般战战兢兢地前来就诊。诊所医生是位女医生，非常温柔，根本不是那种会训斥佐都子、说些难听话的人。

"接下来我们踏踏实实调理一下经期吧。"

医生建议她按规律测量基础体温，先看看情况。

佐都子做好了长期治疗的准备，可在测量了一个月的基础体温，做过诊断后，医生明确告知她能"正常排卵"。

"一直以来，恐怕是身体在正常排卵，可形成月经的激素水平过低了。"

医生提到了服用激素类药物，然后才来了句所谓的忠言逆耳："至少得保证两三个月来一次月经，否则生理机能会渐渐衰退。"

关于母亲所说的"三十四岁"这个自己已经超越的年龄界限，

医生什么都没提，佐都子也没问。那时，她心中萌生了个念头："才过去了一年而已。"

没有异常。一边计算周期时间测量基础体温，一边等等看吧——带着这个建议回家途中，佐都子第一次客观地意识到，自己迈上了孕育生命的道路。

从医院回家途中，给清和发去了短信："今天去了医院，说是没有异常。""说在正常排卵。""接下来想积极备孕。"

发完短信收起手机，足下都变得轻松起来。

清和没有回复。可是，佐都子已经开始思考起"成为妈妈"这件事。

（三）

作为备孕的步骤之一，首先进行的是基础体温备孕法。

测量基础体温，推测出排卵日，配合受孕的时机。同时，佐都子因为有月经不调的问题，还要每两个月去一次诊所。

在诊所里接受其他医生——不是最开始的那位——的问诊的时候，她深受打击。尽管最初的女医生只字未提，但问诊的男医生翻看了佐都子记录的基础体温表以及之前的医生记录的病例后，却一脸满不在乎地说："三十五岁了，最好是尽快啊。"

这是第一次尝试基础体温备孕法，虽然后来还是来了月经，可心里觉得完全没必要焦虑，只想着："毕竟才三十五岁。"

但医生的话扰乱了她的心。或许早已隐隐扎下了不安的萌芽，心情才会如此摇摆不定。

视线扫视着病例的男医生问："您先生没来做过检查吗？"

"没有。"佐都子答道。

"哦，开始了嘛。"每天早晨，清和一脸兴趣地看着在床边口含温度计的佐都子，就像是在看一件与己无关的事情。诊所的候诊室里经常会看到丈夫陪同前来问诊的夫妻，可佐都子从未想过要跟清和一起接受诊断。

"您要不请他来一趟查查？积极改变您先生的看法说不定也是件好事哦。"

"可是，这才尝试过一次基础体温备孕法……"

佐都子话音刚落，医生一直看着病例的双眼第一次转向了她，貌似有话想说，却只是说了句"是嘛"便不再出声。

现在还没法考虑今后的事。

通过基础体温备孕法应该会怀孕的吧？说不清是期待，还是预感，佐都子很乐观。总有种感觉，那些在各类媒体上看到的"人工授精""体外受精"等词汇终究是特殊的夫妇才要经历的阶段。很难拜托一心扑在工作上的清和抽出时间来医院，佐都子自己边工作边看医生也非常辛苦。

关于不孕治疗的步骤，以及大致需要的时间，医生在她第一次就诊时便已告知。

基础体温备孕法、促排卵、人工授精、体外受精，每进行到下一个新的阶段，一般都需要五到六个周期来完成，以期在两年以内出结果。

不知道接下来等待着自己的会是什么，可夫妻二人一直都秉持着"没孩子也无妨"的想法，如果这计划的两年内没有结果，大概就会放弃吧。

"无论如何，在尝试基础体温备孕法的过程中，建议您先生也来接受一次检查。您跟他商量一下吧。"

"好。"

面对医生的话，佐都子无意识地应了下来。

佐都子也知道，进行不孕治疗时，相较于女性，男性似乎普遍呈现出抗拒去医院的倾向。

尝试了可以从容应对、最接近自然状态的基础体温备孕法，第二次月经如期来临之后，佐都子发现，跟预想相反，自己开始感到失落、焦虑。

自己这才是第二次，可还是会不由自主地去想，会不会是自己算出的排卵日有误，是不是又白费了一个礼拜。

"白费"，当脑海中跳出这个词，她突然意识到，不知从何时起，自己已经将备孕看成了一件十分合理、机械的事情，自己对此事实也很惊讶。

正是在那个时候，她开始考虑是不是让清和也去做个检查。"以防万一""想来应该没什么大问题""医生建议做一次检查"——对于佐都子斟酌着措辞提出的建议，清和明显一脸嫌恶。

"不去不行吗？医院都得工作日的白天去吧？我现在经手的项目从上个月开始就一直离不了人，你是知道的吧？"

清和在家里是个温柔、和善的丈夫，对工作却非常严格。"不是才刚刚开始吗？"他对着佐都子直叹气。

"是不是有些小题大做了？总的来说，或许平常心对待就能怀上，去治疗不孕的诊所本就让人有点退避三舍。现在还没到那个地步吧？"

"可是，如果想要孩子还是趁早比较好吧。育儿就是拼体力的。"

不想把事情闹得太严重，虽然脸上带着笑，但佐都子也稍稍开始烦躁起来。

自己也是在工作之余见缝插针去医院，可为什么丈夫会觉得这只是佐都子一个人的问题？明明孩子是夫妻两个人的事，听他的说法，就像不得不配合妻子的安排，这真是出人意料。

没想到，丈夫竟然秉持这种顽固的旧观念。佐都子突然直面这一事实，多少有些不高兴。

说服嘟嘟囔囔发牢骚的丈夫，好歹预约到了比工作日更为拥挤的星期六上午的号。

进入单间做检查的清和出来后脱口而出的话让人难忘。

他说："真崩溃。"

清和被带入一个专门用来提取精液以供检查的房间，那里面堆满了如山的成人杂志，还有能够收看成人录像的设备。

"在这样整洁、高级的诊所一室竟然看到那幅光景让人震惊，也让人不禁怀疑，做人的尊严到底是什么。"

清和苦笑，佐都子也点了点头："是嘛。"同时，又莫名觉得能够理解。

毕竟要取精子，那样的环境是理所当然的吧。可是，这个人竟然连这都没想过。这具体想象力的缺失如实反映了在不孕不育治疗中的男女看法的偏差。佐都子也禁不住想叹气。

精液检查和血液检查的结果在一周后出来了。

无精症。佐都子无法立刻去看听到诊断结果时的丈夫的表情。她坐在旁边，身体僵硬，自己也大吃一惊。

那天，做出诊断的是给佐都子留下良好印象的第一次就诊时见到的那位女医生，佐都子因此感到了些微的安慰，可对于在身旁一动不动的清和来说是好还是坏，不得而知。同性告知的结果，与女性告知的结果，即使内容相同，出于不同的理由，应该都会给他带来不同的打击。

"是……没有精子吗？"

清和先出声问道。

手上拿到的细长的纸面上的数值，不知道该看什么地方。只是，上面有一栏，明确写着"0"这一数值。

医生解释道：

"并不一定是没有精子。所谓无精症，指的是精液中没有精子存活的症状。因此，接下来还要检查睾丸的状态。即便睾丸正常产生精子，也存在输精管堵塞的情况。检查下睾丸，哪怕只有少量精子，通过显微授精的方法也可能受孕。"

佐都子终于敢注视丈夫的脸了，但这脸似乎一瞬间就变得完全不一样了。

清和并没有看佐都子。表面上，即使并没有皱起一张脸，没有高声说话，可身边的丈夫所受到的打击明显传了过来。再也看不下去了，突然想紧紧握住清和的手。可是，那双手在他的膝头紧紧扣在一起，根本没有佐都子的手贴近的余地。

"睾丸的检查指的是……"

对男人的这种具体想象力匮乏总是感到愤恨的佐都子听着丈夫干巴巴、嘶哑的声音，想的却是完全相反的事情。对他接下来可能会有的具体的担心，完全不忍卒听，好想把耳朵塞起来。

"——要切开吗，睾丸？"

"有没有那个必要，得先做检查看看。只有在判断有必要获取睾丸内精子的情况下，才会进行切开睾丸的 TESE 治疗（睾丸取精术）。"

也许很多来做检查的夫妻早就提前做过功课。医生小心翼翼地做着介绍，以确认佐都子夫妇对此到底了解多少。

无精症大致分为两类：运输精子的输精管出现问题的梗阻性无精症，以及除此以外的非梗阻性无精症。

若是梗阻性无精症，也有切开阴囊获取精子的 MESA 治疗术。相较于切开睾丸，这种方式造成的负担较小。可即便如此，一旦涉及"切开"这个词，佐都子和清和都表现出了明显的不安。

冲击强烈。下体手术的痛苦和恐惧是佐都子无法想象的。

"显微授精"，佐都子也听说过这个词。

是在检索不孕不育治疗时看到的。计划在两年内成功出结果的步骤中大概排在最后的步骤。基础体温备孕法、促排卵、人工授精、体外受精，以及显微授精。

大脑一片空白，佐都子没法立刻接受这个事实。一气儿跳过了几个阶段，夫妻俩如果不用最后的方法，就再也怀不上孩子了吗，诸多家庭自然而然便能怀上的孩子？

那天早晨对丈夫抗拒去医院做检查的不配合态度的不满，现在感觉就像是上辈子发生的事。工作繁忙、当事人问题意识的薄弱和从容等都不过是表面上的。

也许，丈夫其实也很害怕。看着他那依旧绷紧的脸，佐都子明白了。

清和其实也在认真思考："若是原因出在自己这儿该如何是好。"为了证明这份担心是杞人忧天，今天才来的医院，可是为何会这样？

为何偏偏是我们要体验这种荒凉无助的心情？

"请让我考虑一下。"

清和说。

他努力装出的冷静的声音，是一种坐在他身旁都能感受到痛苦情绪的声音。

"明白了。"

医生道。

（四）

那之后的事情，佐都子都记不得了。

从医院回来，自己跟丈夫说了什么？二人之间说了什么？那天丈夫回去工作了吗？自己又是如何度过的？二人晚上见面了吗？

有没有孩子都无妨。一直过二人世界的生活也可以。明明是这么想的。

可是，当得知选择的可能性自始至终便不存在，这件事便紧紧攫住了他俩的心。若按兵不动，的确是没有未来的。

佐都子对自己的母亲和其他人隐瞒了清和的无精症。母亲时不时会问起备孕的事情，她也只是回答在看医生，让她不要担心。

接下来是否要继续治疗，只能由丈夫决定。那日，听到丈夫鼓足力气道出的那声"请让我考虑一下"，佐都子便再也不能问什么了。

即便如此，佐都子也没办法主动提出"放弃孩子"。

表面上，与清和的生活没有任何变化。谁也没提，自然而然就成了这个样子。各自去工作，忙碌度过每一天。有时候在家吃晚饭，若是早上才回家，那就一起吃早饭。

然而，就算睡在一起，也没有人主动要求同房，佐都子也不再继续本应每天坚持的基础体温测量。丈夫对此也没说过一个字。

不知道到底作何感想的丈夫的双亲不久后来了东京。"我要去趟东京，你有时间见面吗？"——突然提出来京的婆婆一到公寓，说了声"我来得太突然，抱歉啊"，便忙不迭地拿出伴手礼点心和装满了腌菜的多层食盒递给佐都子。

清和忙于工作，那天也是很晚才回到家。

和善认真的婆婆在佐都子面前双手触地下跪的时候，佐都子惊得说不出话来。"妈！"她慌忙奔上前。正在努力扶她起身的时候，婆婆开口了："非常对不起。"

语气中少了以往的亲昵和融洽。

"我听清和说了病情。……佐都子，这并不是求你原谅你便能原谅的事情，可真的很抱歉。本来他爸也应该一起来，可他身体不太好，真的对不起。"

"这……"

丈夫竟然跟母亲坦白了。她内心里很惊讶，口中还是请她"赶紧起来"。可婆婆依旧将头深深贴在地板上，一动不动。

"那孩子小时候腿上有过两次骨折。"

不抬头的婆婆身体微微颤抖。不知道她要说什么，佐都子正纳闷，只见她继续说道：

"因此，他还很小的时候就拍过多次 X 光片。或许是这个原因。若真是如此，那就是我的错。我应该拒绝拍 X 光片的。我没这么做，是我的错。"

"妈，请不要这样。并不是这样的。"

佐都子慌忙将手搭在了婆婆肩头。事实上，根本不可能有这种事。X 光与无精症之间不存在任何医学上的因果关系。然而，清和老家的母亲却基于自己那点贫瘠的知识而坐立难安，亲自赶来道歉。一念及此，心塞得厉害，一个字也说不出来。

"对不起，佐都子。"

看着一脸要哭的表情小声重复着"对不起""很抱歉"的婆婆，佐都子也忍不住要落泪。

然后，她明白了。跟佐都子的娘家一样，虽然嘴上不说，公婆一直觉得，结了婚，自然而然便会怀孕生子。他们与自己夫妻二人想法的大相径庭令她沮丧，可她也没有自信用正俯身哭泣的婆婆能听懂的话来解释自己二人的想法。

她突然就起了个念头：

这次是丈夫这方的原因，可如果问题出在佐都子身上，这个人会怎么想呢？认为都是佐都子的错，责怪佐都子的心情也会如此这般强烈吗？自己的母亲那时候也会向清和道歉吗？

佐都子看着婆婆现在的样子，审视着忍不住这样想的自己，心乱如麻。

"没关系的。"

这样应着，佐都子伸手环住了瘫在地板上的婆婆的身体，婆婆哭出了声。

"我跟清和都没关系的。"

自己都不知道到底是什么没关系，可佐都子就一直这么说着。

开刀也可以的——清和提起这件事，是在此后一周。

佐都子正在准备早餐。"我说——佐都子"客厅里的丈夫突然若无其事地跟站在厨房的自己搭话。

"开刀也可以的哦。"

自查出无精症，已经过去了近两个月。

佐都子默默盯着丈夫。当时听到检查结果而深受打击的表情已经从丈夫脸上褪去，如今反而生出了一种顿悟过后的轻松。

——在生出这副表情之前，他一个人究竟与内心的苦恼斗争了多久？他那满是疲惫的笑容充分说明了一切。

"要是继续的话，我们选择显微授精吧。我稍微查了一下，其实采取这种方式受孕成功的夫妇似乎大有人在呢。"

"可以吗？"

不假思索的话脱口而出，这才意识到"糟糕"。提出这样的问题，让清和怎么回答呢？不禁赶紧闭嘴，映在咬紧牙关的佐都子眼中的清和的表情很是平静："可以啊。"

他笑了。

"如果有可能，我们就试试。我不论是工作还是什么，想法都比较现实。"

（五）

决定了要积极治疗后，接下来的日子让人应接不暇。

检查结果显示，清和患的是梗阻性无精症，生成精子的能力没有问题。

于是决定接受切开阴囊，从睾丸附睾处获取精子的 MESA 治疗。位于冈山的医院里有专科治疗男性不育的医生，也有很多成功案例，二人商量后决定转院。

一般认为，在体外用移液管将精子直接注入卵子的显微授精能够收到惊人的效果。哪怕只有一颗精子也有可能成功受孕。

不止清和，佐都子当然也要一同接受治疗。每天注射促排针，也要进行取卵，将卵子取出体外。药物的副作用带来的痛苦超乎想象。身体状况变差，有时候连上班都极其辛苦，取卵时插入体内的针也会痛得令人飙泪。

时而意志消沉，思忖如果不做到这个地步，是否就不能有自己的孩子了。时而又积极乐观，觉得既然努力到这个地步，一定能有自己的孩子。

每次往返冈山都是飞机。

公司请假配合治疗依旧很辛苦，显微授精的费用也很高昂。

从清和的睾丸中获取的精子的状态算不上好。做到这个份儿上却听到医生说精子活力不足时，心中涌起了难以言喻的失望。不过，听医生说还是会进行显微授精，暂时松了口气。

使用取到的精子和卵子，医生给了一个数字：五次。从精子中选择状态良好的精子，有可能做五次显微授精。

打击与痛楚。冲击与动摇。最终，失落。

自打决定接受不孕不育治疗，艰难经历各种各样的阶段，最终冲破一切走到了这一步。在这段时光里，再也不会有比清和确诊为无精症那天更加痛苦的事情发生了吧？佐都子和清和虽然没说出口，但心中一直是这么想的。之后不管发生什么，一定不会动摇。

然而，事实并非如此。

请假长途跋涉赶往冈山听取第一次显微授精的结果时，佐都子夫妇在那间小小的诊室听到了"阴性"。

这个据说效果斐然的方法也失败了。即使努力克服了那样的痛苦和辛劳，也还是没有出"结果"。

这时，佐都子和清和已经无法乐观地安慰自己"这才是第一次"。终究是不成了，他们心里清清楚楚。自己恐怕不会有孩子了。

幸运的是，自家经济条件宽裕，还能继续接受一次三十万日元以上的治疗。可是，结果为"阴性"的第一次带走了某些重要的东西，心中充满了挫败感。医生建议做第二次，佐都子和清和也疲惫地点头同意了。

即便心中想着"不成了"，可人依旧会心存期待。终有一日，这种生活会画下句点吧？即便心中清楚看不到光，却依旧奋勇向前。

听到第二次的"阴性"结果那天，佐都子和清和都没怎么说话。

这种辛劳究竟要重复到什么时候呢？期待和绝望。如果有人明确告诉他们，前方没有出口，也许他们就能下决心结束这一切。可漫长的隧道前方虽然越来越窄，却一直一直继续延伸着。

医生建议进行第三次显微授精，可佐都子夫妇没能当场同意。

他们开始思考，或许休息一下比较好。要工作，又要抽时间去远方的医院治疗，这样的生活让人身心俱疲。

距离最初去附近的不孕专科诊所问诊，已经过去了四年。

走过了所谓的"能够期待结果"的两年，佐都子和清和双双三十九岁了。

决定接受第三次显微授精那天，佐都子和清和打电话给冈山的医院预约，在机场等待飞机起飞。

二人商量着决定接受医生的建议，保持乐观坚持到第五次。

那一日，东京下起了二十五年一遇的大雪。

不知道飞机还能不能起飞，耗费了数倍于以往的时间坐出租车前往的机场里挤满了等待延误飞机起飞的乘客，佐都子夫妇抵达时已是座无虚席。

刚抵达机场，耳边就响起了佐都子夫妇打算乘坐的飞往冈山的航班取消的广播。

看着彼此手边装有一晚的换洗衣物、一直随着他们奔波往来于东京和冈山之间的行李箱，清和问道："怎么办？"声音里是尚未成行便已十二分的疲惫。

放弃等待的人们起身。夫妻俩并排坐在空出来的座椅上，佐都子也不禁问："怎么办？"或许是因为外面漫天的大雪，待在室内也觉得暖气并没有以前那么足。

毕竟是有着诸多成功案例的医院，冈山的医院的预约一直很满。错过了今天，接下来还要继续做请假等日程安排上的调整。

操作着手机的清和嘟囔一句："没办法了。"他抬起头来。

"刚才查了一下，新干线也停了。"

"是吗？"

窗外，映入眼帘的是在大雪中向远方驶去的公共汽车，以及引导乘客乘车的披雪的机场职员。跟清和二人在登机口看着这幅光景，仿佛透过镜子注视着无声世界一般。

究竟这样看了多久呢？

没人提出"回去"。她突然发现，坐在旁边的清和一直盯着眼前的行李箱。紧紧盯住一处，然后闭上眼睛。双手合十，搭在眉间。

那时候，她突然有了个念头，现在或许说得出口。

同时，清和似乎也想开口说话。在此之前，佐都子赶着开了口：

"我们放弃吧。"

清和睁大了眼睛。

他松开了合十的双手，起身看着佐都子。突如其来的提议让他一脸僵硬。不过，那表情看起来并不坏。看着那张脸，佐都子心想："能说出口真好。"

"我们放弃吧。——今天用航班取消的钱去吃点好吃的，看个电影，然后回家。以后再也不用去冈山了。"

说着，她不禁在想，这些年来，我们到底有没有打心底里享受过美食？就连两个人一起看电影，明明以前经常相约前往，也发现一直被遗忘了。

"可以吗？"

清和的声音嘶哑。

"接下来，还有三次……"

佐都子点头。

"没关系的。"

清和默默地看着佐都子。佐都子也尽量从正面看着丈夫。她伸手碰触以前从未握过的丈夫那无力垂下的右手。干燥的手比预想的要暖很多。握住了那只手。

以后只有两个人也没关系。

正在这时，握在手中的丈夫的手指与她紧紧十指相扣。就这样跟佐都子握着手，清和俯下身来，将妻子的手拉近，贴紧自己的眼睛和额头。

"对不起。"

佐都子慌忙探向他的脸。清和继续说道：

"——我应该再早一点跟你说放弃的，对不起。"

话音刚落，佐都子便大大吸了一口气，停住。眼角炽热，视野慢慢变白。抚摸清和的肩和背，一直慢慢抚摸着。

丈夫的声音已经完全哑了。随着这一声，丈夫的背缩了起来，身体微微颤抖。被拉住的手上沾了热泪，伴着呜咽声，丈夫的气息喷洒在手掌心。想要停止却无法压抑的抽噎声就这样融进了佐都子的手中。

大雪纷飞的机场，双手紧握，抱着彼此哭泣的同时，佐都子觉得，他们又做回了夫妻。今后，二人又做回了随处可见的平凡夫妻。

两个人要一起活下去。

（六）

两个人活下去。对怀揣这种决心的生活不存在半点不满。

每一天都是安稳的，心神也没有过度动摇。

心里的确是这么想的，心情也毫不掺假。所以，在停止不孕不育治疗一年多后的那个夜晚，似乎也并非马上动的心。

那天，跟清和一起偶然间看到的新闻特别报道中，介绍了从事"特殊领养"中介的民间团体的事迹。

那是在晚餐时间。清和坐在客厅的餐桌前，端着味噌汤走过来的佐都子默默看着那个节目。清和也沉默着，两个人一直盯着电视。

被介绍的团体名为"Baby Baton"。

节目对经历了漫长的不孕不育治疗最终决定领养的步入四十岁的夫妇和意外怀孕不得不生下孩子的年轻女性双方进行了紧密跟踪采访。

佐都子他们通过这档节目才知道，原来还存在父母无法抚育的婴儿在出生之初便马上交给想要孩子的家庭领养的"特殊领养"。

节目中，年轻妈妈的脸部被打上了马赛克，声音也做了后期处理，却依然可以看出她的装扮很扎眼。染过的金发发根是黑色的，指甲上像是自己涂的指甲油。面对 Baby Baton 的负责人和采访的镜头时，也是口齿不清晰，语气中透着一股稚气。

她才二十一岁。

职业是女招待，有正在交往的男朋友，可得知她怀孕后，对方便马上联系不上了。本就月经不调，身材瘦小，她很晚才意识到自己怀孕了。即便意识到了，也根本不知道该怎么跟周围人开口。

"没有采取避孕措施，不过，以前这样从来没中过。这次竟然怀上了，真是很难相信。"

决定托付给 Baby Baton，是因为在网上输入了"怀孕""为难""无法流产""不需要孩子"等关键词检索，跳出来的结果是这个团体的网站。

在此之前，据说一直在拍打自己的肚子，希望能够赶紧流产。

"想赶紧生下来恢复自由。"她说。

"您希望让什么样的人来抚养孩子呢？"

Baby Baton 的女性工作人员向刚生产完的女性提问。年轻妈妈一次次去看望在医院新生儿监护室里的自己不得不放手的孩子，稍稍沉默了一下，回答道：

"看上去是好父母的人。开奔驰的那种。"

对此，中介团体的女性工作人员温柔地笑着打趣道："奔驰过了哦。"年轻妈妈也笑着回应道："那最好是帅气的人啊。鼻梁高之类的。"

突然又加了一句：

"如果跟这孩子有些相像，就更好了。"

面对镜头，她问道："像吗，跟我？"产科医院的新生儿监护室里，婴儿们都睡在小小的床上，其他母亲可以进去喂奶，她却不能抱孩子。根据中介团体的规定，她只能在与婴儿告别的最后一日抱一次。

据说，年轻妈妈中很多人都没有怀孕便能申领到的母子健康手册，其中还有从未去过医院接受产检直到足月才打来电话的情况。

"面对这种情况，我们会介绍合作的医院。不过，如果对方无法自行前来就医，我们也会去接对方。"

Baby Baton 的代表是位女士，她苦笑着说："来我们这儿的准妈妈们都怕麻烦，爱撒谎，很狡猾。"语气中透着无奈，脸上却是让她们莫名感受到安慰的表情。

"说实话，有时候也会被捉弄。只是，她们一直都没有人能依靠，我希望她们能够安心待产。"

Baby Baton 还为这些母亲准备了待产期间共同生活的集体宿舍。她们生产所需的费用、这段时间的生活费等实际支出将由领养孩子的家庭承担。

有因为意外怀孕生下孩子却无法养育而走投无路的母亲，也有养育孩子的环境完备却无法生育的夫妇。

出生第十天，婴儿便已经乘坐飞机奔向领养自己的夫妇所等待的地方。

年轻母亲的脸上打了马赛克，可决定接收孩子的四十几岁的夫妇却没有遮住脸。他们站在摄像头前接受了实名采访。

孩子一出生，夫妇俩就接到了电话：

"是个男孩。要领养吗？"

在 Baby Baton 登记了领养意愿，已经"待机"一年的夫妇接起电话，说"这是天大的缘分，我们不想拒绝"，便开始做领养的准备。

二人赶往机场迎接孩子。透过落地窗看着停落在滑行道上的飞机，二人迫不及待地确认道："是那架吧？是在那架飞机上吧？"
摄像机实时录下了这一幕。

被 Baby Baton 的女性工作人员抱在怀中走来的、出生仅十天
的婴儿透过镜头也能看出他有多小。

"让您久等了。这是您的孩子。"闻言，夫妇马上凑向婴儿。

给孩子取名的也是这对夫妇。

夫妇二人边工作边抚育领养的孩子。他们在商店街经营着一
家钟表店。店员也只有夫妇二人，婴儿睡在柜台旁边的婴儿床里，
经常被工作的母亲抱着或背着。

进进出出的同行、熟客和附近的人看到婴儿，自然会发问：
"这孩子是怎么回事？"夫妇二人大大方方回答说："是领养的孩
子。"这令人打心底里惊讶。

不过——"多了一个家人。今后也请多多关照。"——面对爽
朗笑着的太太，对方也是正常应和着，看着婴儿："是这样啊。好
可爱啊。"

——片头，年轻的妈妈每天因为意外怀孕而拍打腹部的片段
在此时突然跳入脑海，令佐都子陷入一种无法言喻的、不可思议
的情绪。这个孩子面前有两个完全不同的家庭。

节目后半段，Baby Baton 的代表，那位女性工作人员的话令
人印象深刻。

"特殊领养并不是为了父母。不是为想要孩子的家庭寻找孩
子，而是为孩子寻找父母。一切都是为了孩子，是为了给那个孩

子提供必要的生存环境。"

她如此断言。

"首先要考虑的，是守护孩子的生命。为了出生的孩子的身心成长，我们一直在坚持着这个初心。"

节目随后介绍了涉及儿童生命安全的现代社会状况。提到了刚出生的婴儿得不到妥善的对待，身上连着脐带便被丢弃在公园或公共厕所的事件，以及由此造成的婴儿死亡案件。此外，虐待儿童事件的年度次数也用图表进行了展示。

佐都子和清和默默地看着电视。

节目中有多处让人心口堵塞忍不住要落泪的场面，可在丈夫面前，她强忍着，只是直勾勾地看着电视。

"也有这样的人啊。"

终于，丈夫嘀咕了一句。

他依然坐在客厅里，表情也没有变化。"是啊。"佐都子也应道。

接着，电视画面切换到了下一个节目。二人像什么都没发生过一般坐到桌前，默默动筷。

电视节目带来的震撼在之后的一段时间里，总是扎着她的心。

与其说是因为自己设身处地考虑特殊领养这回事，不如说是接收孩子的那对夫妇的生存方式本身动摇了佐都子的价值观，用一个词来形容，就是"感动"。在这个世界上，有佐都子想象不到的家庭正以这种方式存在着。

有一天，在跟公司同期入职的同事的聚会上，佐都子以一种闲聊的语气提到了这个节目。本来是想跟丈夫聊聊的，可现在还是有点怕跟他面对面聊这个。同期的伊藤自入职起便跟佐都子关系亲密，结婚的时间也相近。面对如今已有两个孩子的资深孩儿奴的他，或许能够毫无顾忌地聊一聊孩子的事情吧。

无力抚养的母亲，和无法孕育的夫妇。

佐都子在做不孕不育治疗是瞒着公司同事的，她也能感觉到，身边的人大概认为他们应该不会要孩子了。

佐都子描述了围绕一个孩子，原本处于完全不同的环境里的两个家庭通过特殊领养连结在一起的不可思议，以及对接收孩子的夫妇大大方方承认这孩子是"自家养子"的姿态的感动。听后，伊藤稍稍皱起了脸。

"哇，就像是狗或猫啊。"

语塞。从未想过对方会如此回应，佐都子尽力装作没听到一样斟酌着继续说"可是，可是哦"。

"要是跟生母就此生活在一起，那孩子最坏的情况是可能会受到虐待。如果能够在安稳的家里长大，那孩子的人生也会完全不同。教育环境也不一样，价值观肯定也……"

"即便如此，毕竟血缘这个东西……"

伊藤的语气里没有任何犹豫。

"我觉得，养着养着，那位一无是处的母亲的血脉遗传会体现出来啊。这种事情是逃不过的。我现在也在养孩子，我会忍不住去想，啊，这孩子的这个地方跟我很像啊，毫无疑问就是我的孩子。领养家庭无论有多高的学历、多么优秀，迟早会意识到的。"

佐都子彻底无话可说，一言不发地闭了嘴。

明明是字斟句酌的对话，生母却被毫不留情地说成是"一无是处的母亲"，这让她受了点小打击。节目中，同孩子分别时，年轻妈妈哭了。

"而且啊。"伊藤继续说道。

"要是这孩子跟节目中的那孩子一样，至少是跟男朋友生的倒还好哦。不过，你看，应该也有被强奸后怀孕的吧？这种情况下该怎么办？能一口咬定那孩子没问题吗？"

"我觉得这个制度就是为了拯救这种场合下出生的孩子的性命的。"

本以为，两个人同时进这家公司工作，在大多数事情上也都有着同样看法。伊藤脑子很聪明，工作能力也很强。可是，二人的看法竟然如此不同，佐都子被这一事实打击得无言以对。对方完全没能接收到自己的想法。

他那句"至少是跟男朋友生的孩子"的语气已经如实表达了一切。无法抚养的孩子，在他的意识里，终究是不受欢迎的孩子。

也存在怀有这种想法的人吗？佐都子思忖着，心却紧紧揪了起来。自己并不是那对夫妇，也不是那位母亲。不是当事人。可是，不安、痛苦的感受却让整颗心都揪了起来。

那就是，怀有上述想法的人应该不止眼前的这位同事。

他如今只是碰巧表达了看法，而跟他有着同样想法的恐怕大有人在。

然后，她触碰到了心中最不愿去想的事情。

清和。

身边最亲近的自己的丈夫也可能跟伊藤有着同样的看法。看节目时最初开口的那句"也有这样的人啊"或许是"跟我们不一样"的意思吗？

结婚近十年，自认为对彼此都已经比较了解。可是，在经历不孕不育治疗的过程中，佐都子有几次都觉得要失去丈夫了，每次丈夫都好不容易才回到身边，如今才能并肩走下去。

观看同样的电视节目，清和也可能有着跟佐都子不同的看法。一旦朝着这个方向去想，就会变得害怕去确认，也没办法确认。渐渐地，这件事就再也没法开诚布公地谈论了。

状况发生变化，是在那之后不久，起因是一点小事情。

先到家的佐都子在准备晚饭的时候，无意间打开了客厅里的电脑。电脑是夫妻共用的，佐都子打开检索页面，第一次想要进Baby Baton 的网站看看。

在搜索栏里刚输入首字母"B"，搜索备选的第一条便出现了"Baby Baton"的文字。

她不禁吃了一惊。

出现这种情况，只能是因为检索这个词时留下了检索记录。可佐都子明明是第一次检索。

心中隐隐有种预感，便点开了详细的检索记录。记录并未被删除。那档节目结束后，Baby Baton 的网站被阅览了无数次。

——是清和。

丈夫跟自己一样，也上网搜索了。

佐都子鼓足勇气向那日晚归的清和问道："你上了 Baby Baton 的网站？"

正在解领带的丈夫一脸吃惊。不过也只是一瞬。随后马上点头："嗯。"

与一脸紧张的佐都子预想的相反，清和的表情很平静。佐都子解释道：

"我也打算看看，一搜就……"

"是嘛。"

清和取下领带，坐在沙发上。

佐都子一直觉得，只有两个人也没关系。这是真心话。清和恐怕也是这么想的。

"你在考虑养子的事？"

佐都子不知道该怎么问出口，便直接将所思所想说了出来。她有此打算。而他自己明明也有此打算，想着便问出了口。

他回道：

"——并不是说无论如何都想要个孩子，放不下——该怎么说呢？那种想法并不是很强烈。说是为了你，似乎也不太一样。"

"哎？"

"只是，电视里那个团体的人说的话让我有点在意。说这项制度并不是为了让父母寻找孩子，而是帮助孩子找到父母。"

"嗯。"

清和坐在那儿看着佐都子。淡淡的语气中没有一丝勉强。

"我们家幸好有担得起父亲责任的人和担得起母亲责任的人，也有能够养育孩子的环境。——这个环境如果能够发挥作用，何乐而不为呢？这种理由是不是不行？"

"我想可以。"

佐都子笑了。

突然就觉得终于看清了自己的心情。

然后，她想：

这个人是自己的丈夫，真好。

(七)

存在各种各样的问题。

最大的问题果然还是双方父母。即使决定领养，也不认为双方父母能轻易接受。

跟同事的交谈让她明白，日本是一个非常看重"家"和"血缘"的国家。

相较于欧美国家，人们很难理解领养这回事。根据这些年来的了解，佐都子和清和的父母虽说不会因此歧视别人，可问题若是发生在自家人身上，真不知道他们会怎么想。

佐都子和清和今年双双四十岁了。

佐都子的父母也已经知道了清和的无精症和不孕不育治疗的经过。母亲说："没有的话，就没有吧。没办法的呀。"她也曾经哭着说佐都子太可怜，让佐都子不知道该如何回应才好。

首先，本着先学习了解一下的想法，佐都子在 Baby Baton 的网站上预约了参加定期举行的说明会。

在"致希望成为养父母的夫妇"的页面上填写信息后，马上收到了回信。地点在四谷的区民中心。

第一次去参加说明会的那个早上，佐都子和清和都很紧张。

不知道会来多少人，不知道会场里是个什么样的氛围，只是很强烈地意识到，两个人接下来要去一个非常特别的地方。

"不知道是个什么样的氛围？"

"其他跟我们一样的夫妇会来的吧。"

夫妇俩闲聊缓解着彼此情绪，一本正经走进的大楼入口热闹非凡。

有怀抱婴儿的，有让彼此的孩子一起玩耍并亲切交谈——"啊，××女士，前段时间"——的妈妈们，还有推着婴儿车走进大楼的一家人。整个感觉就像是接下来要去参加庙会或去旅游。

也许，除了佐都子他们的说明会，今天在其他楼层还有别的活动。区民中心大楼会将房屋连续多日出租举办什么活动吗？还是说，也有 Baby Baton 活动的支持者或来帮忙的志愿者呢？

"什么呀，感觉很轻松嘛。"

清和松了一口气地说道。佐都子也不禁点头称道："的确啊。"

看到带着孩子的这些人，也丝毫没有"不可思议"或"讨厌"的感觉，只是觉得他们好开心。

看着为防晒给婴儿戴着的粉红色或蓝色的帽子，心中不禁感叹：真好啊。

然而，到了指定的三楼的那个房间，氛围跟一楼大堂简直天差地别。

这里就像小型学校的教室，室内一排排摆着可供夫妇二人并排坐下的双人座。

包括佐都子二人在内，坐着的夫妇总共有十对。

大部分都跟自己年龄相仿，也有看上去比佐都子二人年长，或是比他们年轻很多的夫妇。大家都在翻看在入口处收到的宣传册和资料，夫妇二人即便坐在一起，也没有人开口交谈。

到场的，恐怕都是跟自己夫妇俩处于同样立场的人。可即便心里明白，正是因为站在同一立场，懂得这份心情，佐都子更是不知道要看向哪里。坐在最后一排，她也像他们一样，只是定定地看着摊在桌子上的资料。

气氛明显很紧张。

"接下来，要开始说明会了。"

前方，一位中介团体的女性工作人员站在白板前说道。

"不好意思。今天，我们希望能够进行全程录影。这是为了让更多的人了解这项事业，如果不喜欢被拍进去，请举手。"

这句话在房间里引起了一阵骚动。

夫妇们都面面相觑，最初谁也没有举手。最后，在又一次"不愿意的请举手"的询问声中，终于陆陆续续有人举起了手。佐都子和清和看着彼此，不知道该怎么办。

终于，邻座的男性愤怒出声："根本没有人愿意被拍。"

"来这里的人，怎么可能愿意被拍？"

在这强硬的声音旁边，应该是他太太的女性低头举着手。看着她的样子，佐都子和清和也犹豫着举起了手。于是，身为团体代表的女性在前面点头说："了解了。"

"我们只会拍摄各位的背影。如果对拍摄背影也有抵触的，还请移动至第三排之后的座位。给各位添麻烦了。"

如此一来，坐在前三排的只剩下了一对夫妇，其余的夫妇观察着各自的脸色，纷纷移动到了后排。

全员坐定之后，女性代表开始讲话。

"大家好。非常感谢大家百忙之中拨冗前来。我是 Baby Baton 的代表浅见。"

是在电视上看到的那位女性。是陪伴在年轻母亲身边，并将出生的婴儿送到钟表店夫妇身边的那个人。

看上去就像个微胖、性格和善的阿姨，年龄大概在五十六七岁。

"请大家多多关照。"她弯腰行了个礼。

"接下来，我会介绍一下我们这个团体，以及特殊领养的步骤。首先，所谓'百闻不如一见'，我想先请各位看一个录像。是前几日的新闻报道中播放过的内容。"

房间的灯被关掉。在微暗的会场中，正面摆放的大屏幕电视上开始播放佐都子他们看过的那档节目。

中途多次听到周围传来了呜咽声。

能感觉到，周边有人在拭泪。当看到夫妇俩抱着来之不易的婴儿，呢喃着"遇见你真好"时，佐都子也强忍着泪，不禁屏住了呼吸。

录像播放完毕，房间重新变亮。浅见对节目内容补充说明道：

"在座的各位中有些应该是看到了这个节目才来的。关于特殊领养，有些人是第一次来我们这里，也有些人想必已经多次造访过其他团体或儿童咨询所了吧。"

除了民间团体，自治体下设的儿童咨询所也在大力推广特殊领养。

浅见继续对打算收养婴儿做特殊养子的夫妇必知心得进行说明。

"首先，我经常会问参加说明会的夫妇，有人这么回答：'想要个普通孩子。'——可是，请大家好好想一想。'普通'孩子生在'普通'家庭。既然要依靠我们团体，必定事出有因。成为养父母时，对于生身母亲的妊娠过程、家庭环境等，无论什么情况都不可过问。麻烦各位做好这个心理准备。"

同样，就跟自己的孩子出生时一样，也不可以问性别。

出生的婴儿即使身患严重疾病或残疾，也要有成为这个孩子父母的觉悟。

"真相告知"这个词，在此时出现。

"孩子有被告知真相的权利。以后，如果时机合适，希望大家能够坦白领养的事。若要勉强隐瞒，很多情况下，孩子自己会感觉得到，结果只会让孩子受伤。另外，对身边的人也要如此。要进行特殊领养，需要经过家庭裁判所的判决，因此，在对父母、家人等身边的人隐瞒的情况下是很难进行的。"

心情稍稍变得沉重。佐都子夫妇接下来必须与彼此的双亲商量并让他们理解这回事，这恐怕得花费很长的时间。

"在座的各位中接下来肯定会有人迎来孩子，成为父母，在这种情况下，也请务必将现在的说明牢记于心。"

浅见的话让人感受到了些微的救赎。

在座的各位中接下来肯定会有人迎来孩子。

如此斩钉截铁，听着心情也莫名有些高亢。

"至此，有什么疑问吗？"面对浅见的询问，"那个……"坐在佐都子近前的女性举起了手。她看上去比佐都子要年长。坐在旁边的丈夫也生了很多白发。

"请讲。"拿到话筒的那位女性紧紧握着手帕，开始提问。

"您好。我就是您在前面提到的知道特殊领养、曾去过多家团体或儿童咨询所的那类人。在此基础上，我有个问题——是不是可以理解为，通过贵团体领养是没有年龄上限的？"

她的声音稍稍有些拔高。

"无论多少岁都有可能吗？其他团体大多原则上规定到四十岁。我四十四岁了，有可能吗？"

佐都子倒抽一口气。提问的女性眼看着要哭出来，肩膀颤个不停。

"有这种规定的机构很多啊。"

浅见在前面答道。

"四十岁迎来的孩子成人时，父母刚好六十岁。有些机构会将此定为一个基准进行年龄限制。"

"是的。还有，比如，母亲必须得是专职家庭主妇等等。"

"我们这里并没有特别设置这样的条件。"

像是在安抚因兴奋而音量变大的提问的女性一般，浅见温和地回答道：

"我们对外也是宣称原则上到四十岁。可是，之后我们会对每一对提出申请的夫妇进行个别面谈。不孕不育治疗做到了哪种程度，为什么要选择特殊领养等，我们会仔细询问每一个家庭，根据具体情况做具体方案。"

"我能提个问题吗？"

这次是坐在其他位子上的男士举手。男士身穿 Polo 衫牛仔裤，给人很年轻的印象，看上去像三十几岁的人，其实并不然。

"我们家也是，夫妇二人都已经步入四十大关。对于年龄，被一概划归为'不惑一族'让我一直心有抵触。曾经有人劝我们放弃，说过了四十五岁的夫妇养育的孩子有的会遭遇霸凌，被人戏谑说是被爷爷奶奶养大的。也有人说，即便过了四十岁，只要不纠结于零岁就能领养到孩子也可以，为何一定要从婴儿开始抚养长大呢？"瘦削的男性喉头微颤。"年龄对于抚养孩子而言——"他细细的声音继续道。

"不仅仅是负面的减分项，正因为已经步入四十，不也有很多好的方面吗？经济方面也好，经验丰富方面也罢。"

他突然咬了下唇。

"——我们走到今天，从各方面来说，都过了年龄界限。"

安静的房间里，声音在回响。即便未涉及具体，也能感受到，身在会场的多对夫妇都在回想着自己一步步走到今天所经历的某些画面。

决定要结束这漫长的不孕不育治疗时，佐都子也眼看着要四十岁了。

"在个别面谈时，究竟会考虑到什么程度呢？比如，四十一岁或者起码四十三岁的话还可以，四十五岁则不行，这样的话我无法接受。而且，就算是二三十岁的父母，也有丢下孩子过世的。"

"我们会考虑个别家庭的情况，认真沟通。"

浅见的口吻依旧纹丝不动。

"我们希望能竭尽全力，帮助那些结束了漫长的不孕不育治疗，决定要成为即将到来的孩子的父母的人。"

那之后，说明会的气氛也多次变得更加紧张。

比如，当说到"进行养父母登记之后，希望能够做好避孕措施"的时候也是如此。据说是为了避免出现亲生子和养子同年或者年龄相仿的情况。

此时，也有其他女性举手表示："没有办法立刻转换。"

"一直以来都在努力，希望能够怀孕，即使突然被叫停，也……我既然来了，便是有了对亲生子和养子一视同仁抚育长大的觉悟。为何要作此决断呢？"

"我并不是断定父母必定会偏爱亲生子。只是，育儿是非常耗费时间和精力的。一次不间断地抚育两个孩子是非常辛苦的。"

浅见说明道。

"育儿并非全是好事儿。的确，迄今为止，通过我们居中联系完成领养的家庭中，因为宝宝的到来而返老还童、变得明快的家庭也有很多。可是，育儿会从父母那里夺去一切，包括金钱和时间。基于此，没有人能对此作出评价。"

"夫妻——"浅见继续道。

"作为漫长人生的乐趣，肯定会有人去选择生儿育女。可是，即便不是生儿育女，也有数不清的其他方法可以享受人生。在面谈中我们也会提及，请各位今天回去之后好好聊一次，去寻找一下除去育儿，是否还有享受今后人生的其他方式。"

接下来是十分钟的短暂中场休息，即使可以离席，佐都子和清和也都没有开口。

夫妇二人参加这种说明会，Baby Baton 是第一次。问题远比自己预想的要复杂，也并非只有好事。这是在之前的一小时内逐渐意识到的。

"我去下洗手间。"

清和就像再也坐不住一般，自旁边起身，走出了房间。佐都子默默点头，继续坐在座位上。本以为拥抱了新的可能性，满心雀跃的期待却稍稍有些萎靡，就连如今吸入的空气都觉得甚是稀薄。

其他很多人都离开了座位，可佐都子一动也没动。就这样一直低头坐在桌前。

"——您几岁了？"

听到声音抬头一瞧，面前站着一个拿着手帕的女人。是那位最初询问年龄、坐在佐都子近前的女性。她眼睛红红的。

佐都子抿了下双唇，润了润干燥的嘴唇，答道："刚四十岁。"听到答案，她微微一笑，说："是嘛。"

"那，你大概比我更有可能哦。一定要加油。"

女人看上去像是对自己之前的感情用事感到羞愧，稍显尴尬。

佐都子看到她这个样子，突然觉得心口一紧："都是普通人啊。"

平常绝不会感情用事大声说话——她恐怕也是这样的一个普通人。

一个人，两个人，渐渐地，大家都回到了座位上。女人也默默地回到了自己的座位。

（八）

"接下来进入说明会的后半段。"

休息后回来，浅见的脸色看上去比前半场时多了几分柔和之色。

或许是心理作用，感觉会场外吵吵嚷嚷的。

浅见的语气变得轻松起来。

"至此，我已经说了很多，可我觉得，单凭我的话，有些东西难以传达给各位，那让我们赶紧进入 Part 2 '百闻不如一见'吧。"

一直紧张无比的房间气氛，因暂时的中断，如今已满是疲惫的情绪。而这在下一瞬间有了变化。

"各位请进。"

随着浅见的话语声，门开了，会场后面涌进来好多家庭。

佐都子不由惊呼。

是早上跟清和一同在一楼大堂看到的那些人。是看上去像去参加庙会或去旅游的那些家庭。

　　鱼贯而入的亲子们都面带笑容，毫不拘束。甜甜地叫着"妈妈"的女孩，被抱在妈妈胸前撒娇的婴儿。丈夫宽阔的怀中抱着的、尚在襁褓中的婴儿，身旁笑呵呵的母亲。全部共有十组家庭。

　　——在电视的新闻节目中看到的那对钟表店夫妇也在其中。他们是带着孩子来的。

　　那么，这些人是……

　　面对震惊抬头的佐都子他们，浅见说道：

　　"各位，他们是在 Baby Baton 登记并迎来了宝宝的夫妻。"

　　不知该说什么。每一个家庭看着就像普普通通的亲子，让人根本无法相信他们之间没有血缘关系。就是在大街上随处可见的普通家庭。

　　"Baby Baton 会定期组织迎来了宝宝的家庭聚会。今天碰巧也是聚会日，就请他们一起来参加说明会。定期例会哦，真的是非常壮观。简单来说，那就是'我儿最棒大会'。感觉大家聚在一起是为了夸奖自家孩子有多么可爱。"

　　浅见笑着说。

　　"接下来，请他们分别介绍一下自家的事情，好吗？那首先有请町田一家。"

　　"啊，好的。——嗯，我有点不好意思。"

　　一对夫妇走到了白板前。大家都沉默着看向他们。小小襁褓里的婴儿由丈夫抱在怀中。

"嗯，我叫町田。我们的故事如果能够给大家提供一些参考，那就太好了。请多多关照。"

我家是这样的，她开口说道。

"我家是这样的。没有孩子是因为丈夫诊断出了无精症。在座的各位中可能也有人面临同样的情况，我们进行到了 TESE 阶段。幸好发现了精子，决定进行显微授精，可做了五次，五次都是阴性。"

佐都子静静咽下了不成声的声音。

MESA 和 TESE 这些词汇，只有走过这条路的佐都子他们才明白。而且，得了梗阻性无精症的清和接受的是 MESA 治疗。听介绍，相较于要切开睾丸的 TESE 治疗，负担会比较小。即便如此，也是苦难的连续。

可是，关于比佐都子所经历的负担更大的治疗阶段，她却没有做任何术语上的说明。她在自己丈夫身边娓娓道来的样子，给佐都子带来了强烈的震撼。他们相信，即使不做详细的说明，在座的自己这些人也能明白。

我们跟这对夫妇也是一样的。

我们都走过了同一条路。

"其实，我在不孕不育治疗的最后阶段已经开始考虑养子的事情。但是，无论如何也说不出口。当我们实在太辛苦商量要不要就此作罢的时候，我第一次跟他提了。——在我家，丈夫起初是完全不上心的。"

她一晃看向自己丈夫。

小心翼翼抱着婴儿，一脸宠溺的丈夫大概是意识到了，只是摇晃着胳膊抱着婴儿，并没有看向妻子和坐在下面的佐都子他们。他站姿笔直，也没有啤酒肚，穿着麻质的衬衫，看上去很年轻。

太太继续替他说道：

"他说，自己并没有自信去养育没有血缘关系的孩子。首先，如果不能留下自己的孩子，就没有任何意义。可是，我跟他说：'有个孩子，日子肯定会很开心。'便拖他来了说明会。是的，半年前，我跟大家站在同样的立场上，坐在同样的位置，所以，现在觉得非常不可思议。"

她略显羞涩。

"听了浅见女士的讲解，也接受了个别面谈，在一次次直面这件事的过程中，他心中的想法也慢慢发生了变化，我们就做了申请登记。起初觉得肯定不会马上有反馈，打算在此之前过好二人世界，一切顺其自然。可没想到登记后不到一个月就接到了电话，把我们吓了一跳。"

佐都子看向那位丈夫臂弯中的婴儿。这小小婴儿三个月前来到了他们身边。

"或许有充分时间准备的人反而会紧张，会觉得非常辛苦，我们就是这种感受。整个儿被卷了进来，各种手忙脚乱地做准备。我们准备必需品，生活节奏也完全变了……但是，也许这都是好事。丈夫如今对女儿爱得不行。大概比我还要疼爱她。"

在旁边一言不发的丈夫今天能来现场也让人明确感受到了他的态度。"这么说对男士或许不太好。"她说。

"对男士来说，孩子没来到身边之前恐怕都不会有什么切身感受。总之就是先把他们扯进来。只要把他们也扯进来就好了，我家就是这样。"

她做分享的过程中，浅见就站在近旁。视线转向浅见，她在微笑。

对周围的人也是尽可能明言，这孩子是养子。

"周围的邻居也有人很惊讶，觉得无话可说。可是，大多是'是嘛'的反应，基本上没有人会觉得'问了不该问的，实在抱歉'。"

爽快分享的她那干脆的态度让人印象深刻。

"而且，我们在面谈阶段，丈夫也很直接地跟浅见女士表达了没有信心养育残疾孩子的想法，在此基础上也进行了多次面谈。事实上，一直纠结于这一点，我们还差点被拒绝登记呢。"

她苦笑。

"在这一点上，男性的想象力可以说很薄弱——要说如今的心情，就算这孩子身有残疾，我们夫妻也觉得非她不可，真的很可爱。今后，不管这孩子身上发生什么，不管是什么事情，我们全都能够接受。"

接下来分享的，是三位母亲。

有丈夫陪伴的母亲。用婴儿背带抱着婴儿的母亲。手牵着小学生大小的孩子的母亲。各式各样的人。

她们按照次序，分别介绍了自己是如何迎来了孩子，孩子来到身边后是什么样子。"包括周围的人对这孩子的看法，这都是他的人生。我们跟孩子坦白了他的身世，却并没有跟周围的人说。"也有人这样说。

大家如今都坚强地——也许一开始并非如此——若无其事地做分享，这种心情真真切切传了过来。

佐都子他们的座位，与站在会场前方的亲子们已是真真切切的两个不同空间。正因为身处同一场所，那种不同更是一目了然。似乎连颜色都明显不同。

三人中第二位开始分享的小个子母亲拿着话筒，刚说没多久声音就开始颤抖。她轻轻吸着气，声音中带了哭腔。

"——能遇到千寻，我心存感激。"

浅见一脸关切地看着她。可是，身旁有丈夫陪伴的她继续说："没关系，我想继续说。"

"我很感激生下那孩子的母亲，也很感激那位母亲出生在这世上。我还很感激让我跟千寻相遇的浅见女士出生在这世上。"

哽咽着这样说完——大概是真心实意的表达，可站在旁边的浅见却反问："啊？还有我吗？"室内因此响起一阵笑声。——在这个会场中，竟然能听到这样和谐的笑声，在此之前从未想过。

孩子是个女孩，名叫千寻。

可以看出，紧张又激动的情绪让她双腿不断打颤。也许，她也并不擅长在众人面前讲话。

可是，她却带着鼻音说道：

"起初，家里父母都极度反对领养。我曾想过，得不到他们的理解也可以，不让他们看到孙辈的脸也无妨。可如今，外婆她……"

她声音微颤，脸却看向了会场的后方。然后说道：

"外婆现在是千寻的头号游戏对象。"

周围的人都朝着她声音的方向看去。扭头看去，那里站着一位白发里有着浅紫色挑染的时尚女性。看到她的瞬间，佐都子自己都感受到了一阵鼻酸，眼泪都要流下来了。她牵着三岁大小的女孩的手。也许是因为突然受到关注而被吓了一跳，那孩子扭着身体，一脸不可思议地抬头看着外婆："妈妈，为什么哭了?"

外婆也羞赧地跟女儿微微摆手。这个人也是，明明反对过，今天却跟外孙女一起来到了会场。

"虽然没有血缘关系，不知道是不是一家人在一起生活久了，自然而然就会变得相像。出门散步，也会有人主动说'长得像妈妈'，或'跟父亲的鼻子一模一样'。每当这个时候，我就非常、非常开心。"

的确——佐都子想。

被外婆牵着手的女孩跟现在站在前面的爸爸、妈妈长得有些相像。这对夫妻长相、身形完全不同，可女儿站在身边，俨然就是一家三口。

久久，在抽泣声后，她说：

"能跟千寻生活在一起，我很幸福。"

最后站上前的，是在电视上看到过的那对钟表店夫妇。

二人带着婴儿站了上去。太太抱着孩子，先生在前面拿着话筒开始分享。他们四十多岁了。

在电视上第一次看到时留下的"这对夫妻跟自己一样"的印象，即便此刻人就在眼前，也没什么变化。眼角堆满了皱纹。皮肤的光泽也明显不是三十几岁时的样子。可是，他们的表情明快，看上去很显年轻。

"我家的情况是，在考虑养子这件事上，丈夫的一句话成了契机。说是跟孩子没有血缘关系，可原本我跟你也没有血缘关系，却成了一家人。所以，一定没关系的。"

"——当看到带着婴儿从飞机上下来的浅见女士时，我看到浅见女士身后在发光。"

想必是聊到自家的事情有些害羞，先生马上转移了话题。这时候，四下里也是一片笑声。

他叫康一。他介绍自己的孩子。

"在参加说明会的时候就听浅见女士说过，当看到来到身边的婴儿，父母大多都会如坠入爱河一般——唯有这个词能够形容当时的心情，对那孩子一见钟情。我家就完全是这种情况。"

他清清楚楚断言道。

"能遇到康一，真是太好了。我今天就是为了向大家传达这一点才来的。"

哇——突然响起了很大的哭声。百感交集的长长的呜咽声在整个会场回荡，如悲鸣一般。

并非来自站在前方的家庭。

是之前跟佐都子搭话的身边的女性发出来的。她紧紧握着手帕，捂着脸哭出声来。

做分享的家庭和坐在周围的人都吓了一跳，瞬间之后都略有担忧地看向她。先生慌忙靠近俯身哭泣的妻子，轻抚着她的背。

很理解这种心情。

在场的所有人，即便立场各不相同，恐怕也都能懂她的心情——沉默慢慢填满了整个会场。

（九）

第一次说明会之后，佐都子夫妇跟浅见做了个别面谈。经过与她多次交谈，坦陈烦恼，佐都子夫妇进行了 Baby Baton 的领养登记。

彼此老家的双亲，不论是佐都子的父母，还是因为儿子的无精症向自己低头的清和的父母都坚决反对领养。

养育没有血缘关系的孩子，似乎是件母亲们难以接受的事情。

"本来，育儿就非常辛苦了。更何况这还是没有血缘关系的孩子。"

听母亲这么说，她拼命忍住了怒吼反驳的冲动。只要有血缘关系，育儿就能顺心如意吗？只要有血缘关系，就可以无需争论便能彼此理解的想法，这难道不是傲慢吗？

"我明白。"

佐都子强忍着回答道。

"——妈妈把我养大也很辛苦。谢谢您把我抚养成人。"

凭着有血缘关系，我们母女遇上重要的事儿才从来不会沟通。

"总之，我是反对的。我说清楚了。"像是要避开尴尬话题，沟通的电话一旦要涉及重要内容，便会被挂断。——母亲也是不知道该如何跟女儿说、不知道该如何沟通的家长。

反应在预料之中，却依旧感到心累，此后又接连发生了几件令人感到挫败的事情。每当此时，她便会想起那天遇到的千寻妈妈和钟表店夫妇，以此鼓励自己。

跟有血缘关系的亲生父母如吵架般沟通着，也让她切身感受到，家是要努力去经营的。

即便有血缘关系，怠慢了也无法构筑起来的那种关系——自己所遭遇的家庭正在努力去争取。不想让任何人评价这是错的。更重要的是，自己跟清和夫妻同心，毫不动摇。真的，已经不会动摇了。

那时，他们已经清清楚楚明白，夫妇俩只要坚定心中所想，什么都不可怕。

在那之后过了不到一年，孩子便来到了佐都子夫妇身边。

虽然年过四十才做的登记，但那个孩子还是选择了我们。

或许明天就会到来，也可能一辈子都不会来的孩子，在广岛县的病房里出生了。接到联络，佐都子回复说想马上领养，浅见便问道：

"能来吗？"

乘坐新干线期间，心情澎湃，膝头却一直在发抖。不知道出于何种心情会变成这样。到了这个时候，不安的是佐都子，清和反而很冷静。坐在旁边的丈夫轻轻伸手包裹住了佐都子放在小小扶手上的拳头。

走进产科医院住院部小小的房间，突然想起来，以前也曾经历过同样的事情。

在乘飞机赶赴的冈山县的诊所，夫妇二人等在房间里，就为了听取阴性结果。那时的绝望，如今也深深印刻在骨子里。不论过去多久都不会消失，想必，今后也一直不会忘记。

抱着婴儿的浅见出现在房间里。

就像之前在电视上看到的，她面带爽朗的笑容，抱着小小的新生儿。

"让你们久等了。这是你们的孩子哦。"

感情突然如洪水般涌了过来。凑头去看婴儿的脸。

他闭着眼睛。

头发很少，皮肤白皙，令人难以相信活着的小小婴儿。小小的手指，连指甲都长得好好的。人就是这么来到世上的——伴随着这样的感动，也不知道该如何形容这正在呼呼睡着的存在。

"要抱抱吗?"

佐都子的手在发抖。她感觉僵立旁边的清和的眼睛红了，紧张得忘记了眨眼睛。她将柔软得惊人的婴儿抱在胸前。

头发软软的。眉毛淡淡的。没什么颜色的嘴唇像是在追逐什么一般微微动着。也许是在寻找乳房。清和的手触碰到了他的脸颊。

"真可爱啊。"他说。

那一瞬间，她突然起了个念头。

跟听到的那句"如坠入爱河一般"稍有些不同。可是，佐都子的念头很清晰。

晨曦已至。

穿过那条永远没有终点、如同在漫长的暗夜里行走的没有光的隧道。本以为永远不会天亮的夜晚，现在，放明了。

这个孩子给家里带来了晨曦。

（十）

后来才知道，那时候浅见询问"是否要见见这孩子的母亲"算是特殊情况。

至少佐都子夫妇认识的、跟自己有着相同境遇的养父母中没有人被如此问过。佐都子与清和二人惊讶地将视线从臂弯中的婴儿脸上移开，看向浅见。

"当然，如果不愿意也没关系。"

浅见说。

"通常，基本上是不见面的，大多数情况下这样比较好。不过，这次专程请栗原先生和太太来了医院，孩子的亲生母亲也是今天出院，人现在附近酒店的大堂。她说，如果可能，希望能跟养父母栗原先生和太太打个招呼。"

"我想见她。"

佐都子毫不犹豫地回答道。

一直以来，佐都子任何事情都会跟丈夫商量，夫妇俩一起做了很多决定。可是，唯独这一次，当她意识到的时候已经脱口而出，都忘记了跟他商量一下。

抱着婴儿的清和也并没有阻止佐都子。就像是两个人事先商量好了一般，他跟佐都子对视了一下，点了下头。

"请让我们见一见吧。"他也开口道。

用黄色包被包裹着刚刚降临到身边的男宝，一行人一起走出了医院。

刚出生尚不满一周、今日出院的婴儿本就一直充满困意地闭着眼睛，一出停车场，更是嫌耀眼般眯起了眼睛。

这孩子沐浴在阳光下是生平第一次。他第一次从医院来到了外面的世界——意识到这理所当然的事实，佐都子立在原地感动不已。她身体微屈，就像是在守护着婴儿，抱着婴儿一起坐进了事先准备的出租车后座。

他们被带到了城市酒店大堂旁边的休息室。

怀抱着婴儿，清和和佐都子还没有完全接受这孩子将成为自家孩子的事实，正身处欢欣雀跃与难以置信的夹缝之中。相反，如果不是这种状态，或许根本不会产生要见一见生母的想法。

软乎乎的婴儿，明明没有喝奶，身上却散发着甜甜的奶味。婴儿的气味强烈地宣示着这孩子的存在。

这孩子的母亲是哪里人？是什么样的人？多大年纪？究竟出于什么原因要放开这个孩子？即使在出租车中，浅见也没有提过一个字。只是安排见面，仅此而已。

"是那边那家人。"

走进休息室，被带到对中庭一览无余的窗前座位时的震撼令人失了言语。

那里是一对跟自己年纪相仿的四十岁上下的夫妇，和一对看上去十几岁年纪的姐妹。

坐在窗边的一家人看到浅见，以及跟在后面抱着婴儿的夫妇二人，瞬间脸上露出了恍然大悟的表情。他们似乎正在说着什么，就此停了下来，约莫是两姐妹双亲的两个人站了起来。他们一位是头上开始出现白发的父亲，另一位是头发整整齐齐束在脑后的戴眼镜的母亲。

稍稍迟于父母起身、看到佐都子他们时眼中瞬间迸出光芒的，是姐妹中那个个子娇小的妹妹。一眼就明白了。

她就是那位小小的母亲，孩子的生母。

一家人看上去就像是来这儿为姐妹俩中的某一个搞庆祝活动或来参加才艺发表会似的。

佐都子和清和也一时不知说什么好。

本以为会像在介绍团体业务的电视节目中看到的那样，二十几岁的年轻妈妈一个人在等着自己。可是，眼前这个孩子，无论怎么看都不过十几岁。是高中生吗？可是，看着手搭在低着头的妹妹肩上的姐姐，凭直觉并非如此。高中生应该是姐姐。与之相比，尚显年幼的妹妹恐怕是初中生。哪怕说是佐都子的孩子也毫不奇怪的年纪。

"浅见女士。"

先开口的是两姐妹的父母。浅见只是回了一句："我把他们带来了。"

婴儿在睡觉。

他只是在微微嚅动着软乎乎的小嘴。看着那个婴儿，妹妹——那个孩子的小妈妈咬着嘴唇，然后向着佐都子夫妇迈出了一步。

佐都子夫妇将孩子交给了浅见。二人绷直身体，向着少女低头行礼。

"非常感谢你。"

少女听后惊讶地微微缩了一下。佐都子和清和想先道谢。清和也开口道：

"很感谢你生下这个孩子。我们接下来会负责把他养大。"

少女什么都没说。只是视线一直低垂着，盯着婴儿的方向。然后，或许是觉得不能如此，便下定决心般低下了头。

终于，她开口说话了，低低的声音颤抖着：

"……谢谢你们。"

声音像是从喉头硬挤出来的一般。

少女低着头，紧紧握着拳头，然后下定决心般向佐都子伸出了手。她拉住了佐都子的手。

体温偏高的年轻的手。她说：

"对不起。谢谢你们。这孩子就拜托你们了。"

也许是想要表达这些才提出要见面的吧。可是，除此之外再没有更多的语言了。只是、只是想法先行，重复着同样的语言。对不起。谢谢你们。这孩子就拜托你们了。

眼前的婴儿、手搭在她肩头的姐姐、站在姐妹身后的父母。——父母，尤其是母亲双眼通红，紧紧攥着手绢沉默着。

大颗的泪珠从垂着头的少女眼中"啪嗒啪嗒"直直掉落下来。

"对不起。谢谢你们。孩子就拜托你们了。"

不知道在这个少女身上、在这个家庭里到底发生了什么事情。为什么会生下这个孩子？到底有什么隐情，现如今要放弃这个孩子，将孩子托付给佐都子夫妇呢？

想必其中有佐都子夫妇根本想象不到的事情或纠葛吧？眼前的这个家庭也同样不清楚佐都子夫妇为何要领养这个孩子，在此之前到底经历了什么。

佐都子夫妇并不打算对少女的事情刨根问底，却想对她和盘托出。她觉得，或许这个孩子能够理解他们这么多年来所承受的一切。这个跟自己完全不同境遇的孩子会理解自己——自己竟然会这么想，真的很不可思议。

胸中是想要将一切诉诸语言的冲动，清和却开口了。他跟自己应该是同样的心情吧。眼睛里满是紧张之色，满是动摇。

"取名叫朝斗。"

在病房里抱起那孩子的瞬间，心里便响起了一个声音：晨曦已至。

刚才夫妇二人商量决定的。只是告知了名字，并没有解释由来。听清和说完，抚摸着女儿后背的母亲回应道：

"真是个好名字。"

她身旁朝斗的生母在分别的最后时刻也没有看向自己的孩子，反而一直用力握着佐都子的手。

片仓光。这个名字出现在了那日收到的、她写给朝斗的信的落款。

哪天告诉朝斗真相时希望能够读给他听的信，写在粉红色的信纸上，是那种十几岁的女孩子喜欢的、印着卡通形象的信纸套装。正面只有几个圆润的字——妈妈的信。

朝斗四岁那年第一次打开了信，佐都子读给朝斗听。

如果没有落款，佐都子他们或许永远都不会知道那位小妈妈的名字。那位朝斗的生母，自家的"广岛妈咪"。

信里写着："我绝不会忘记朝斗。"

"今后无论妈妈在做什么，都会时时刻刻挂念着你现在几岁了、正在做什么，请你一定要幸福。"

在酒店大堂，少女一家最后对佐都子夫妇深深鞠躬："拜托了。"所有人的目光都遮遮掩掩地偷瞧着少女五天前生下的婴儿，朝斗。

是想要触碰他，想要抱抱他吧？

佐都子这么想着，便看到对方尴尬地移开视线，低下头，就像在告诫自己绝对不要说出那样的话。这种感觉最强烈的，果然还是生母，那个少女。但她反而从中途开始便坚决不再看自己的孩子。

一直低着头哭泣的她最后也是坚强上前，对佐都子夫妇说着"拜托"，递上了这封信。

那日，在酒店跟那一家人分别后，浅见突然告诉他们，少女一直希望能够"养育"朝斗。她简短地告诉她们："我遇到过很多母亲——"

"那孩子在孕期也会每天给宝宝写信，抚摸腹部，跟宝宝说话，小心翼翼地期待着孩子的降生。"

她还说，在那些意外怀孕的母亲中，一脸平静腹部朝下趴着，希望早点甩掉麻烦的女性大有人在。像朝斗生母这样会抚摸腹部的母亲很少见。

她果然是初中生。

浅见连这个也跟他们说了。

那位母亲永远不会忘记朝斗的吧？可是，即便如此，还是希望她能够幸福。

自己也许永远无法体验怀孕生子的种种，可她今后恐怕还会迎来第二次生产。那时候，希望她能够幸福。佐都子想起那双小小的温暖的手，在心中祈祷。

如果——

如果在未来的某天，那位母亲希望见见朝斗。

那时候可以把自己的联系方式告诉她——之后不久，佐都子跟浅见如此说道。

（十一）

然后，如今——

一个自称为片仓光的女人来到了养育朝斗的佐都子面前。希望能够带走朝斗，不行的话，就要钱。

　　如果不照做，就把养子的事情告诉朝斗和周围的人。

　　佐都子夫妇无论如何也不能相信，误以为真相是自家的软肋、脸色极差的那个年轻女人会是那时候的朝斗的生母。

　　那位母亲托付给自己的朝斗是顶顶重要的孩子。

　　是自家孩子。

　　佐都子即使在接受不孕不育治疗期间，也打定主意在孩子出生后也要坚持工作。特殊领养的中介团体中有些也会制定"养母必须得是家庭主妇"的条件，可 Baby Baton 并非如此，很幸运，佐都子的公司也具备完善的产假和育儿假制度。

　　然而，确定领养朝斗后跟总务沟通发现，佐都子的育儿假很难被认定。因为没有先例，或许这也是无可厚非的。

　　此时才听说，休育儿假的前提条件是孩子得上好户口。需要等待法院判决完成领养手续的佐都子家没办法马上休育儿假。

　　不过，佐都子咨询的总务部的女性对她非常感同身受。一直以来，在同一家公司不过是点头之交的她，却在听到佐都子描述的不孕不育治疗和决定领养的经过时突然哭出声来。

　　佐都子只是在陈述事实，也不记得自己有感情外露的时候，当时吓了一跳。跟佐都子同样步入四十岁大关的她坚定地表示要"支持她"，建议她之后即便不能休育儿假，也可以试着以居家办公的形式带朝斗。她并没有细说自己目前处于何种境遇，到底如何看待孩子的事，可无论怎样，她能如此鼓励佐都子也让人很高兴。

居家办公是个很难得的建议。公司的同事对自己决定领养这件事都心存好意。可自那时起，佐都子已经自发决定要辞职，当然，没有任何人强迫过她。

与其说"为了朝斗"，不如说是为了自己。

以后，有孩子陪伴的生活将是优于一切的选择。这并不只是为了要积极向前看，朝斗来到身边之前的日日夜夜里，佐都子已经非常疲惫也是很大的一个原因。边工作边接受不孕不育治疗，每天被不知何时才能到来的孩子所带来的不安和期待所支配，非常劳心伤神。——朝斗来了之后，一直以来的紧张情绪终于得到了缓解。

清和也赞成辞职。

与朝斗一起生活之后，每天都在思考浅见在 Baby Baton 的说明会上所说的话。

那就是，"普通"孩子生在"普通"家庭。

"我经常会问参加说明会的夫妇，有人这么回答：'想要个普通孩子。'——可是，请大家好好想一想。'普通'孩子生在'普通'家庭。"

想着哪怕能稍稍贴近普通家庭才决定养育朝斗，可不知何时开始已经忘记了这个愿望，朝斗已然成了佐都子和清和的孩子。

成了这个家的孩子。

那个自称是片仓光的女人并不是朝斗和他的那位"广岛妈咪"。

跟清和坚定地得出这个结论之后月余，警察来了。

工作日的傍晚，清和不在家，佐都子拿出甜点给幼儿园放学回家的朝斗，自己着手开始提前准备晚饭。

来访的刑警们出示了那个女人的照片，问佐都子是否认识这位女性。接着，他们说，她说要去佐都子家拜访，然后就失踪了。

佐都子愕然，不禁反问对方。

想搞清楚的，是自己。

"的确，这个人来过我家。大概一个月之前。可是……"

盯着照片，视线固定在上面。

"请告诉我，这个人到底是谁?"

刑警出示的照片中的她比起一个月前见面时，嘴角微微带着笑，表情也还是灿烂明亮的。想来应该是贴在简历等的证件照的放大版。

刑警回道:

"是位叫片仓光的女性。"

惊讶到失声。甚至能够生硬地感受到自己睁大眼睛时瞳仁的转动。刑警的目光变得尖锐起来。

"不好意思。"年长的刑警说道，身体从玄关处往家中迈进了一步。

"您认识她吗？——说不定您知道她的去向？"

刑警们想说什么？不清楚他们的真实意思。

佐都子尚沉浸在惊讶中无法回应，脑子里想的全是那个年轻女人。"栗原太太？"刑警唤道，声音听起来很遥远。

紧紧咬着嘴唇，然后感到一阵轻微的眩晕。

——也许是在怀疑自己。看着刑警尖锐的目光，佐都子突然感到了恐惧。

不知道这些人到底知道多少自家跟这位女性的关系。胁迫、要回孩子的要求、不想放手的家长。仅看这些条件，遭受怀疑的要素似乎齐了。

可是，这种情绪的背后，那时贯通佐都子心脏的是完全不同的感情。思及此，突然就想哭。

怎么会这样？佐都子心想。

我们到底做了什么？

"栗原太太。"

刑警再次开口。

"没关系。"佐都子回答。事实上，她双腿无力，眼看着就要瘫坐在地板上。可是，她摇了摇头，看向刑警的眼睛。

在意的是在里面房间的朝斗。是吃着布丁看电视的朝斗。

来访的那个女人跟那孩子有相似之处吗？不知道。不，不过，肯定是有的吧？

刑警接着说出了更令人吃惊的事。

"事实上，片仓光被控有盗窃和侵占公款的嫌疑。"

佐都子默默吸气，眼睛圆睁看着刑警。不知道是不是故意的，他们的语气很平淡。

"我们接到报案，她工作地方的保险柜里的现金被盗，同时，她也去向不明。"

◆

说着没事起身去接待客人的妈妈怎么也不回来。

妈妈让朝斗乖乖吃着布丁看电视，玄关处传来门铃声，她在跟什么人说话。起初乖乖听话吃布丁的朝斗对说话声介意得不得了。

对方是不认识的叔叔。

实在介意得不得了，朝斗悄悄站起身。慢慢走近门口，悄悄打开门，偷偷看过去。

眼前是妈妈系着围裙的背影。看不清站在前面的客人的样子，可陌生人到访很罕见，朝斗也忍不住紧张起来。

屏气凝神，稍稍离开门口，后又偷偷看向玄关处。

口中还有没咽下去的布丁，散发着清甜的味道。

陌生人到访，很少见。

可是，也不是没有过。

那天也是如此。

从幼儿园的校车下来，已经走到家楼下了，那天却没看到以往总是在门厅处等着自己的妈妈。

一起从车上下来的大空的妈妈说："咦？好奇怪啊。朝斗妈妈什么情况？"然后提议带自己一起回家。

大空从攀登架上掉落受伤之后对朝斗一直视而不见的大空妈妈在大空与朝斗和好之后又变得温柔起来，这让朝斗很高兴。朝斗点点头："嗯！"他妈妈大概是调整了工作时间，一直要延时放学的大空在受伤之后跟朝斗同时放学的次数也多了。

"如果不在家，我会帮你打电话的哦。这之前可以去我家。虽然不如朝斗家高档，也能吃个零食什么的。"

说着，跟朝斗一起来到了家门口，大空妈妈按响了门铃。

"栗原太太——"她唤着朝斗妈妈。

"你没去楼下接孩子，我帮你把孩子领上来了哦——你在家吗？"

幼儿园放学后还能跟大空一起玩，实在是太开心了，两个人在走廊里追逐打闹，大空妈妈出声制止："喂！"

来了——似乎听到房间里传来了应答声，可房门始终没有打开。大空妈妈一脸讶异。

"咦？奇怪啊。喂——朝斗妈妈——"

向门内打招呼却没有回应，她转头看向朝斗。

"该怎么办呢？朝斗要不要来我家跟大空玩儿？"

"好呀，妈妈。我想跟朝斗一起看电视！"

大空也这么说，于是两个孩子一起去了七楼的大空家。他家有好多朝斗家里没有的玩具和大海喜欢的迷你车，朝斗高兴极了。

那之后不久，有电话打来。大空妈妈耳朵贴着手机："啊，是的，在我家。"听到这，他觉得那肯定是自己的妈妈。

挂断电话的大空妈妈说道：

"朝斗，妈妈说要来接你。好像是出去买东西回来晚了。去楼下接你的时候，大家已经离开了，猜着你可能在这里，就打来了电话。"

话虽如此，住在同一栋楼里，没有必要专门来接，朝斗自己就能回家。他表示"自己一个人也能回去"。"的确如此，那拜拜咯。"大空妈妈干脆地送他出门。

跟大空拜拜，冲刺跑向电梯。没有人对他说教"不能奔跑"，在走廊里飞奔真是太爽了。

家里并没有上锁。

"我回来啦！"大声喊着，他走进了玄关。

妈妈从房间里一脸惊讶地慌张走了出来。

"朝斗，我不是说过去接你的吗？"

"我自己一个人可以回来的。"

说着，他走进了房间。然后，在里面的房间里传来了平时不可能听到的声音，把他吓了一跳。

"是朝斗吗？"

是本应该在公司工作的爸爸的声音。有些惊讶，可是从幼儿园回来马上就能见到爸爸还是让他很高兴。"哇——"爸爸从走廊尽头的榻榻米房间走了出来。

"哇！你怎么会在家？"听着朝斗的话，他笑着回答道："不，我就是稍微回来一下。"爸爸一把将朝斗抱了起来，跟他说，"一会还要回公司。"

朝斗心想是不是有客人来了，便问道："有什么人在家吗？"

爸爸和妈妈都马上回答说："没人呀。"

"没人呀。怎么了？"

爸妈这么一问，也答不上来。"没什么。"朝斗道。妈妈带着朝斗到厨房问："要不要吃零食？先来洗洗手。"——以往都是在榻榻米房间旁边的洗手间洗手，可那日却被带到客厅旁边的厨房洗了手。

妈妈拿出了巴伐露。朝斗吃着吃着，不知道什么时候，爸爸从家里消失了。

"爸爸呢？"朝斗问。

妈妈说："啊，他又去上班了。"

朝斗只是"哼"了一声。

爸爸连句"我要出门了"都不说就走了，这还是第一次。

来访的叔叔们的说话声还在继续。

不知为何，朝斗心脏怦怦直跳。

"您认识她吗？——说不定您知道她的去向？"

感觉妈妈有些为难。

感觉妈妈在被人欺负，肚子突然收紧一痛。爸爸还不回来吗？

不明所以的谈话结束后，妈妈对叔叔们说：

"那个……是不是在怀疑我家、怀疑我们？"

"不，不是这个意思。"

"可是，片仓光跟身边的人说只要来这里就能筹措到钱——"

听着大人们的话，朝斗记起来了。

那天。

刚从幼儿园回来，爸爸却在家，后来又去公司的那天。

朝斗心想是不是有客人来了，便问道："有什么人在家吗？"

爸爸和妈妈都马上回答说："没人呀。"

"没人呀。怎么了？"

爸妈这么一问，朝斗也答不上来，只是应了一声"没什么"，可那天大概家里是来了客人的。没听到声音，也几乎感受不到存在，可是朝斗看到了。

玄关处摆着一双没见过的、鞋跟很高的白色鞋子。

是妈妈绝对不会穿的白色鞋子。

鞋子不知何时不见了，然后，爸爸也不知什么时候去了公司。

二人异口同声说"没人呀"，可朝斗看到了。

是不是在怀疑我们？妈妈的话到底什么意思？他不知道。

这种肚子突然收紧一痛的感觉到底从何而来、到底是什么，他也不知道。可是，有一点他很确定。

妈妈肯定什么坏事都没做过。

朝斗也是如此。

周围的人都说是自己把大空推下了攀登架。连平时最喜欢的老师们都这么说——被怀疑，心里非常难过，可是自己很清楚，自己真的没做过。

妈妈和爸爸都相信自己。

他们说，我们相信你。

所以，朝斗也知道。

妈妈和爸爸什么坏事都没做过。

朝斗相信他们。

第三章 演奏会归途

对光来说，一想到与家人共度的时光，最先浮现在脑海中的，是钢琴演奏会的归途。

自幼儿园中班时开始练习，一直坚持到中学二年级的钢琴。

跟年长三岁的姐姐一起去的钢琴教室，离家骑自行车只需要五分钟，等着姐姐跟自己各自的课程结束这段时间里，就坐在等候室里看漫画。家里没有那么多种类，这大概是老师们孩童时代的私藏，其中有很多其他朋友绝对不知道的老漫画，读起来挺开心的。

每年四月的钢琴演奏会在离光家有些距离的宇都宫的市民中心举行。光和姐姐美咲都盼着这一年一度的出行。

光一家住在邻近宇都宫的鹿沼市。

说近不近、说远不远的县政府所在地，如果没有演奏会，父母绝不会带她们去。跟附近的大型超市不同，那里没有足够空间的停车场，必须特意花钱把车停在狭窄的停车场让父亲非常不满。因此，演奏会那天是个特殊的日子。唯独在这一天，父亲母亲都会特意装扮，母亲会戴上珊瑚胸针，父亲也会穿上西装——一家四口盛装出门。

演奏会结束后吃饭的餐厅都是固定的。是远离市民中心、能够停车的家电商场地下的餐厅。

"小光真的很喜欢这里的松饼呢。"

妈妈说着，递来纸巾，让她擦一下沾满枫糖浆和黄油的嘴角。

每次点餐都是固定的——光是松饼，姐姐是配汤的炒饭，母亲是蟹肉烩饭，父亲是咖喱饭。光几乎不记得家人们吃过别的食物。

第一次去这家店时，光并未被允许单独点一份餐，要么跟姐姐分享一份餐，要么妈妈分一小盘蟹肉烩饭给她。同样是孩子，姐姐就能自己吃一份餐，她觉得非常不可理喻，哭着抱怨后，自那年开始，她也可以自己点一份餐了。

"已经六岁了，是一年级小学生了。行吧，权当是入学纪念。"

学校。这个全新的场所，和能够点一份自己专属的食物的特殊感。那年春天的事情，她记忆犹新。只在菜单照片上看到的松饼实实在在送到面前时的兴奋也令她难忘。

另一年，姐姐在演奏会上表现特别好，父母点了冰淇淋苏打。明明不是饭后甜点，吃饭的时候竟然还能喝这种甜甜的东西？光心中很高兴，也暗暗决心要努力。可是，在次年的演奏会上，或许是用力过猛吧，她竟然在中途忘记了原本已经牢记在心的谱子，手就此停了下来。为了安慰悔恨不已、一直哭个不停的光，母亲那时也点了冰淇淋苏打。钢琴没弹好，结果还是喝到了苏打。

演奏会的归途去的那家餐厅挂着彩绘玻璃样式的画。近似橘黄色，暖暖的，在稍暗的店内灯光的照射下，像是幅红色或黄色的画，不过除了颜色，光完全不记得那幅画的主题是什么了。

听到"家人"，光脑海中浮现的就是那家餐厅的光景。是钢琴演奏会归途的事。

（一）

中学一年级，十三岁的秋天，光跟麻生巧开始交往。

光在乒乓球部，巧在篮球部。

只是共用一个体育馆，乒乓球部和篮球部的感觉却截然不同。

一言以蔽之，便是篮球部很华丽，乒乓球部很普通。虽然都是运动部，可光觉得，自己跟田径部、篮球部、排球部的女孩子们完全不一样。在教室里随意大声喧哗的是这些女孩子，光觉得自己距离她们稍有些错位。虽说她跟谁都能聊得来，跟那种真正阴暗、朴素的书呆子型的同学不同，可她也并非中心人物。

为什么会变成这样？理由很简单，因为她没考上尾野矢女子大学附属中学。本打算考入姐姐求学的那所私立女中，可是落榜了。

母亲说"并不是因为成绩不好落榜"。在小学毕业的谢恩宴上，光的母亲跟其他母亲如此解释。

"据说今年尾野矢的录取倍率非常高，而且，大概是入学考试相对比较简单，考生的成绩都相差不大，几乎都接近满分。到最后，为了公平让我们抽签。我签运比较差，这孩子就没能进去。"

啊，这样啊。那真是很遗憾啊。其他母亲附和着，母亲也趁机套近乎："所以啊，她能跟从小到大的朋友上同一所中学，今后也请多多指教。"

无论事实如何，光都感到很失望。一直以为自己会在还散发着新鲜混凝土味道的尾野矢美丽的校园中学习。尾野矢跟举办钢琴演奏会的市民中心一样，位于县政府所在地那站。原本一直期待着乘坐电车、穿过繁华商业街上下学的日子，可如今，光却只能骑着自行车往返于公立中学。

光的双亲都是教师。

母亲是公立小学的教师，父亲是这一带知名的私立高中的数学教师。时常有学生考上东京大学或早稻田大学的这所学校是男校，与光和姐姐都无缘。母亲也曾说过："好不容易爸爸有关系，真是太可惜了。"她还惋惜道："光小升初考试落榜了，如果是男孩子，爸爸这里还有最后杀手锏呢。"

在这平淡的日子里，巧到底是怎么注意到光的呢？谁也不知道。

巧在篮球部里也是风云人物，深受欢迎。有个哥哥就读于附近的商业高中，这位哥哥在中学里也留下了无数的"恶劣"传说，非常有名。逃课去游戏中心稀松平常。不过，不好好穿制服，将制服上衣系在腰间，漏出内裤边的样子倒是很帅气，染成茶色的头发也深受女孩子欢迎。虽然是个问题少年，在朋友间——无论男女——却是人气很高，是个帅哥。

不过，跟哥哥不同，弟弟巧热心于参加社团活动，也没有染头发。听巧的同班同学说，老师们曾开玩笑道："听说你要入学，大家都做好了准备，但没想到弟弟倒挺正经的，真是太好了。"

对巧来说，这是在说哥哥的坏话，是非常失礼的事。不过，大概是因为有这样的哥哥，巧这个男孩子少年老成，听了老师们的话，只是笑笑便就此揭过了。他似乎并不讨厌哥哥，因此稍稍恶声恶气地说："啊哈哈，哥哥给大家添麻烦了。"听到这件事，光心中对他的评价颇高。

他这样的一个人，某次突然提道：

"片仓光超级可爱，有没有？"

她听到后感觉全身发麻，就像过了电一般。放学后的教室里，聊到哪个女孩子好的话题，明明没人提到光的名字，他却径自这么说。

姐姐留长发，偏向于喜欢那种粉色、别致的东西。或许是因为这个，光反而喜欢那种与少女感无缘的东西。发型也是短发，所以，她怎么也不会是那种被人评价为"可爱"的类型。而且，有很多与巧相配的女生。活泼时尚、头发染成茶色的孩子在班里也随处都是。

不过，听说巧喜欢的是留着黑色短发的女孩子。他跟周围的朋友说，看到她在体育馆的角落辛苦折叠、收拾旧乒乓球台的样子，"一下子就被击中了"。

"骗人的吧——从没人说过我可爱。假的吧？麻生竟然会说这样的话？"

真的哦。他真是这么说的。——想要听到更多遍这样的话，她不禁一次次地这么问大家。好开心。非常、非常开心。

放学后，巧大概拜托了乒乓球部的戴眼镜的男同学跟她说："片仓，那个，社团活动结束后希望你能在体育馆后面等一下。""啊，嗯，好的。"她表面平静，心里却扑通直跳。是谁？没有主语，语焉不详。跟这个乒乓球部的男同学平时也不怎么说话。

终于来了。没有提名字，但绝对是巧。身边的好朋友也纷纷感同身受般送出了祝福："是麻生吧！太棒了，光！恭喜呀。"

巧提前到了体育馆后面，等着光。

夏季运动半裤下的腿感觉凉飕飕的。巧是一个人。经常有人说他眼睛细长像狐狸，可那双细长的眼睛眼神锐利，看上去有些成熟。大家都说他明明是篮球部的，却皮肤黝黑，可光觉得这显得很健康，很好。而且，个子很高。

巧开门见山："请做我女朋友吧。"

这种见外的讲话方式在他身上很少见。

平时在远处看过他参加社团活动时的样子。但凡开口，不是开玩笑，就是说些不着四六的话，而告白的时候却用敬语。他大概觉得这是种礼貌。光不禁笑了起来。看到她的表情，巧的脸色突然紧张起来。不可以吗？表情里微微透着不安。

"抱歉。我很高兴。"

听光这样说，一脸僵硬的巧的表情放松下来。

啊，好可爱啊。

听到告白的瞬间，她忘记了一直以来面对他时的胆怯，觉得自己站在了压倒性的优越地位，觉得自己化身成了帅气的女性，能够跟人堂堂正正说话。

"好的，我们交往吧。"光答道。

（二）

父母出于安全着想给光配的手机，在与巧交往之后第一次发挥了作为手机的功能。

家里规定只能在客厅使用手机，光便滚在客厅的沙发上给巧发信息。基于"在房间里不可以长时间上网"的理由，姐姐和光都努力遵守着买了手机后父母定下的规矩。

年长三岁的姐姐美咲也坐在桌前跟什么人发着短信。

晚饭后，父亲去泡澡。坐在房间中央做报纸上的填字游戏的母亲突然出声："总觉得有点讨厌啊。"

突然怎么了？姐妹二人看向母亲，只见她长长叹了口气。

"我们这样待在同一个房间里，你们两个却一直在玩手机。不玩的时候就马上回自己房间。这可不是一家人，妈妈我呀，就像是民宿的老板娘。"

就算母亲语带责备，光和姐姐心里也没什么波动。究竟想让女儿做什么呢？如此露骨地将想法强加给女儿的母亲虽然很认真，却是个不理解孩子的母亲。

"哦？是嘛。"

敷衍地回应着母亲，光的目光继续追逐着手机界面。母亲好像被气到了，没再说什么，也继续解填字游戏。

在视线余光中，姐姐双手拿着手机在"啪啪"发信息。为了防止被人随意偷窥手机里的隐私，教会光如何设置密码的是姐姐。

"毕竟，我们爸妈觉得随意看孩子的手机没什么大不了。"

她这样不满地说道。

客厅的钢琴上放着充电器，放学回来之后，手机要放在那里充电，不准带到自己房间。父亲和母亲都会随意查看自己和姐姐放置在客厅里的手机。看有没有跟家人之外的人发过消息、上网记录里有什么。

父母表面上并不提看过手机，却知道从未跟他们提过的计划，姐姐对此很厌烦。

光也遇到了同样的事情。跟学校里的朋友发短信聊同学的坏话，说"那个同学让人冒火"的次日，一脸认真的母亲便问她："光的班级里也有霸凌现象吗？如果有谁被同学排挤，光一定会帮那个孩子的吧?"

其实不过是些无关痛痒、近似闲聊的坏话,却马上联想到出现在媒体上的所谓的"霸凌",认真、如教科书般的母亲让她觉得很不堪,很没有品味。就像老师……正想着,突然意识到,妈妈就是老师哦。真搞笑。

在家里,家人总会尽量避免在对话中提到尴尬的话题。

姐姐和光都不会质问双亲是不是"看过手机",父母也绝对不会承认"看过"。规定要将手机放在客厅的时候,女儿们表现出不情愿,双亲也信誓旦旦地保证"爸爸妈妈绝对不会偷看手机"。

给手机设置了解锁密码的姐姐一脸厌烦地跟她说:

"那两个人好像用生日的数字试了我手机的密码。三次输入错误后,手机上了更强的锁,打不开了。"

"妈妈爸爸道歉了吗?"

"不可能道歉啊。大概是显示'三次输入错误'的警告后觉得不妙,就若无其事地将手机放回了平时放充电器的地方。这个时候,恐怕在战战兢兢地害怕自己偷看手机的事情败露吧。真搞笑,那两个人。"

面对光的询问,姐姐一脸厌烦地摇头。

那时候,已经开始跟巧交往的光也效仿姐姐设置了密码。然后,某一天,一脸若无其事的父亲尽力平静地问她:"你姐姐手机好像设了密码。你也设了吗?"她答:"设了啊。"

"为什么?"

"为什么？你就算不设，也不会有人看。"这样的说教实在太矛盾，令人不禁毛骨悚然。他真心觉得这套说辞对中学生女儿有用吗？

跟巧交往之前，光的收件箱里不过是些跟学校里的朋友偶尔聊起的老师和班级同学的坏话，条数也很少，或许并没有父母看后觉得不妥的内容。因此他们也没再穷追不舍地问密码。

躺在沙发上，光给巧发短信。

"前段时间，你哥哥突然回来，真是吓死人了。正做到一半被看到，想死的心都有了，真是太羞耻了。"

巧秒回：

"我哥说你很可爱哦。"

看着回复，耳尖就像着了火一般。巧的回复总是很短，可每一个字都让她开心。忍不住反复翻看。

巧接着又发来了消息：

"明天社团活动后，来吗？"

一想到这个，身体的内部突然变热。巧的手。巧的嘴唇。刚开始痒痒的，渐渐地，反而觉得很舒服，希望巧可以多触碰自己。他想要触碰自己，这让她很开心。

第一次去巧家玩儿是在交往半年后，他父母都外出工作，回家很晚。中学一年级开始交往，到了二年级还在继续的长情情侣只剩了自己这一对，这很让人骄傲。本来盼着能分到同一个班却没能实现，所以，跟巧见面多是在放学社团活动之后。

家有兄长的巧的家是河边住宅区几乎相同外观的十几栋房子中的一栋。跟家里只有女孩的片仓光家完全不同。

一进门立刻感受到的，是让人不禁一室的气味。那种如汗味般的气味，起初完全不清楚是什么。可是，去了巧的房间后，那种气味愈发强烈，光心想那肯定就是男孩子的气味。起初，并不觉得那气味好闻，可在巧的房间里嗅到这股气味，反而开始觉得萦绕在身边的气味甚是好闻。——多次去过他房间之后，甚至开始怀念。那种气味，是巧家中床上的气味。

乱糟糟的客厅，足球选手破旧的海报，应该会做一些跟光家不同的料理、跟自家有着不同气味的厨房。

能够看到在学校里看不到的巧的生活让她很开心。

在巧的房间里，起初只是聊了会儿天。

没有社团里的同伴、同学等其他人的打扰，两个人能单独待在一起非常开心。不过，巧吻她是在第一次去玩儿的时候。

电视剧或漫画的世界里会问一句"可以吗?"的吻意外地没有任何前兆，巧的嘴唇却舒服得让人惊讶。光心里不断在叫嚣，好棒好棒好棒，我在接吻。

大家都没做的事情，自己便率先尝试过了。这样一想，心中涌动着骄傲的情绪。

最初那日，两个人接吻，巧的舌头探了进来，口腔被他搅了个天翻地覆。生平第一次，光很懵懂，只是被动地配合他。本来，自己也想马上将舌头伸进巧的口中，可不知道那么做是不是合适，便做出了任其摆布的样子。

禁不住叫出了声，她感受到了巧的喜悦。亲吻着，试着发出了嘤咛的声音。啊，啊，啊。巧抱住了光的肩膀。虽然看着瘦削，男孩的肩膀跟女孩完全不同，硬硬的，宽宽的。"别怕。"巧的声音比平时在学校要温柔无数倍，让人不禁要融化在那声音里。

只是接吻就能到天荒地老。

渴望接吻，所以那次之后也去了巧家好多次。有时候，还会在回家路上的无人小巷或停车场的角落里接吻。

很快地，接吻已无法令人满足。巧想做那件事，这让她很开心，光自己也想这么做。希望被碰触，渴望被拥抱，被人需要让她感到快乐。

在做到"最后"阶段之前，大概过了一个月。

社团活动结束后，拉起运动服的下摆，巧毫不犹豫地舔舐着光的乳房。他一直如此触摸着光的身体，突然，光感到腹部被什么硬邦邦的东西抵住了，惊愕不已。虽然大体知道，可男孩会这样变得像棒子一样硬邦邦吗？

彼此都是第一次，巧却似乎完全了解该怎么做，也接连几次隔着衣服抵住了光下腹部的那个部位。

可是，他并没有继续。对光来说，这段时间特别煎熬。

——或许是因为没有避孕套。可是，去便利店时，状似无意看到的避孕套，便宜的也要接近一千日元，靠自己的零花钱一时半会儿也买不起。可是，巧有哥哥。他也开玩笑似的说过："哥哥大概会给我避孕套。"光也觉得，既然如此，希望能给他。

有一天，不知什么原因，巧以往只是伸入手指，这次却将光的内裤直接脱了下来。

过度的羞耻让光不敢去看巧的眼睛。害怕被凝视，她掩饰着抬手环住了巧的脖子。这成了一种暗示，跟接吻一样。没有询问是否"可以"，巧便将下体抵在了光的大腿间。他自己也第一次脱下了三角裤。

好痛。这真的不可以，不可能进得去——其间有过多次怀疑，可光不断告诉自己"这是大家都能做到的事情"，并直直看着天花板。最喜欢巧了，她将手搭在肩膀上，先是发出了以往那种"有了感觉"的声音。——早就分辨不清发出这样的声音，究竟是真的觉得舒服，还是想喊给巧听，可她很喜欢这样，也真的很开心。

每当巧想要进入自己的身体，那声音就会变成撕裂般的悲鸣。

自决定与巧交往时起。

被亲吻时她便决定了。

自己的第一次要给巧。

在光家里，子女不会跟父母讨论恋爱，更何况是跟性相关的话题。之前，学校里做过"与电视相关的意识调查"的问卷，上面有这样一个问题：

"在家中看电视，出现了情爱的画面，你会怎么办？"

拿到问卷的当天，光对自己的父母会如何作答非常期待。那种话题绝对不会在家中谈论，可既然是学校的问卷，家长必须回答。

母亲的回答是这样的：

"几乎不怎么看。？"

看到这个答案，光对母亲幻灭了。明明在"看什么样的节目"等问题项下长篇大论，"？"是什么意思？又不是文章。

骗子。

正看着电视，突然出现了那样的画面，不是有过吗？一脸尴尬地垂下眼睛，干咳几声，要不就像个傻子般问自己或姐姐"作业做完了吗"，想要把我们从电视前赶走。即便如此，他们也没有直接关掉电视的勇气。

看不到别的同学家长会怎么写，不过，有一天她问了巧。巧连问卷调查这回事都忘在了脑后，可他说"自己家都是'哇哇'叫着跟家长一起看"。这让她很吃惊。

似乎在巧家，别说是女孩子的话题，他哥哥还曾经带女朋友回家跟父母一桌吃过饭。

只会谈论考试、霸凌等严肃话题的双亲一听到光和姐姐谈论化妆、去远点的街区购物等同龄人之间才会有的"成长游戏"话题时，明显会表现出不高兴。口中嘱咐着要跟朋友处好关系好好出去玩，可一到休息日，家里却充满了希望孩子跟父母共度的氛围。

自中学以来，他们似乎根本没想过自己的女儿会跟男孩交往，也从没想过自己女儿会做电视里的那些事，光对此感到非常焦躁。

是你们给了我生命，可是你们竟然会深信不疑，觉得我也会跟你们一样严肃认真，囿于狭窄的世界里，这真是令人遗憾。

生活在父母认为的、看上去光鲜却毫无趣味的世界？不了，不了。自己也一直想要体验父母所不知道的、开心明朗的场所中发生的趣事。

在光心中，不跟任何人交往，或许一生保持着处女之身，是此生最大的恐惧。

或许没有进行到做爱那一步，自小学开始，班级中特别可爱的同学都会被阳光帅气的同年级男生追求。光与其他没有男朋友的女孩凑在一起，看着她们觉得"真好"。希望未来的某天也能够成为她们中的一员。总有一天，大家都会跟男孩交往，自己不想成为最后那个不合群的人，想要尽早跳出来。

因此，被巧那样的男孩子看中，谁能明白自己有多么心安啊。

于是，自己不再是"一生也没能跟人交往"的人。巧很帅，很受欢迎，像个大人，可以的话，想要跟他接吻，甚至做爱。如此一来，以后的人生可以不必再后悔自己还是处女了。

那是一种想要报复对性和恋爱有着思维定势的父母的心情。在你们的世界之外，我被你们所不知道的明亮、轻松、魅力四射的存在所追求、所需要。我就是这样的存在，你们真是活该——心中满满都是这样的情绪。

插入的瞬间让人不禁停止了呼吸，无法忽视。巧问："痛吗？"

"痛。"光也答道。好痛。虽然痛，可是必须要让巧开心，光的脑海里充满了这样的想法。

跟巧深吻，开始有了身体纠缠之后，她在网上和书上做了大量的调查。她会在二手书店翻看稍稍成人向的少女漫画。至于网络，手机和学校里的电脑都设置了阅览限制，不能浏览真正的色情网站，但自己父母认可的、类似"女孩子的性和身体"这样的网页反而会推荐给中学生，就像傻瓜一样。

男人害怕什么？因何事而自卑、烦恼？这些都被画进了完全不带情色色彩的学习漫画，做过更出格的事情的光不禁失笑。可是，也有许多可供参考的内容。

第一次做爱，男孩也可能会因为紧张而败下阵来。而光隐约觉得，如果男孩败下阵来，那肯定是因为自己魅力不够。于是，她很感激巧能做到，能跟自己做。

"有感觉吗？"巧问。真的很痛，她不禁对在这样的情况下还觉得很舒服的女性生出尊敬之情，而光只能不断点头。若说实话，他能不能早点结束啊？光的脑子里全是这样的想法。

终于，巧发出了短暂的呼声，瘫软在光的身上。稍微靠了一下，他马上撑起了上半身，说："我出来咯。"

做爱只有做到射精，才能称为"全部"——光自己也有这样的常识。可是，他中途就退出来了。哎——光不禁感到悲伤。巧跟自己没能做到最后。

留下还躺在原地仰头看向天花板的光，巧口中念叨着"纸巾、纸巾"，起身去取。没能做到最后，巧是不是觉得尴尬了？如果他讨厌自己了该怎么办？胡思乱想间，巧回来了，表情很明快。

"不要动哦。全都让我来。"他也擦干净了光的身体。

她想，还是不要多嘴比较好吧。

即使没能做到最后，自己还是失去处女之身了吧。巧跟自己是"做过"了吧？

在不明所以、满心迷惑的光身旁，巧将脱掉的三角裤穿回了纤细却绷紧的身体。

或许受了哥哥的影响，巧偶尔会吸烟。他在光面前很少抽，可那一天，巧将空易拉罐当做烟灰缸，抽起了烟。

"你生理期是哪天？"他问。

说不定，吸烟是为了这天在光面前耍帅，就像是在虚张声势。可是，即便如此，她也不觉得丢脸。如果他是想要在光面前保持良好形象，她反而会觉得很开心。

光也穿上了被脱掉的内衣，以稍稍逞强的口吻回答：

"那个还没来呢。"

早的话，小学中年级就会来的月经初潮，光还没来。也就是说，这副身体还没有做好妊娠的准备。听到光的回答，巧眼中闪了一下："真的？"

"不过，很棒啊，你的身体……"听巧这么说，光心里很高兴，可是，他是在跟谁比呢？心中突然不安。

"巧不是第一次吗？"听到这句话，巧慌忙掐灭了烟，刻意往这边看来："嗯?"

"啊，做过几次吧。跟哥哥以前的女朋友啥的。"光听到这个回答，无可压抑的怒火直冲脑门儿。她不开口，只是直勾勾盯着巧，巧补了一句："是以前啊，以前。"

身边是巧的味道。

"现在，我对你是一心一意啊。——我爱你。"

真是败给他了。

即使自己不是他的第一次，可这个人现在的第一位是自己。仅如此便觉得满心骄傲，不禁要落泪。

"是我喜欢你呢。"听光这么说，巧温柔地笑了："过来。"他揽过光，吻她。

"你总是这么说，可我喜欢你绝对比你喜欢我要多哦。"

"喂。"

光一边回吻着，一边问道：

"会不会只有我们做过这样的事?"

巧口中是烟草的气味。从戒烟前的父亲身上闻到时并不喜欢的气味，如果换成这个人的，却是那么喜欢。光意识到这样的自己，不禁吓了一跳。巧说道：

"啊，做的吧。大家都做的。"

——后来，跟巧这样做爱成了理所当然的事情。

巧依旧不戴避孕套。或许是知道光还没有月经初潮便放心了。

他自己也没什么经验，却自以为潇洒地说着："啊，明明身体如此性感，却不用避孕，我真是太幸运了。"这真是太可爱了。只是，即便如此，巧也不会射在里面。即将射精的瞬间会退出来，射在外面。巧跟光说，做爱也有这种方式。

过了一段时间，不记得是在聊什么了，光突然说："第一次的时候我没能让巧尽兴。"

听自己的女朋友这么说，"哎？"巧发出了稍显困惑的轻呼声。那时已经可以跟他无遮无拦地讨论性爱话题的光惊问道："哎？不是吗？"

巧一脸尴尬地笑道："哎呀，那个……"光注意到了他的表情。

"难道，你已经射在里面了？"

光问道，却并非责问。

也许是注意到光的表情并非在生气吧。巧一脸害羞地背过脸去，点了点头："嗯。"随后战战兢兢地偷瞄光的眼睛。

"我以为光也注意到了。——生气了？"

"没有。"

是真心话。

"没生气。"

听到答案，巧的表情软了下来。她继续道：

"反而，怎么说呢，放心了。我还以为，巧面对我没法做到最后呢。"

"怎么可能！"

巧搂住了光的腰，半是玩笑地吻在了她的腹部。"你为什么要说这么可爱的话啊。"

"……让我这么喜欢的女孩，除你无他了。"

我是真心的，所以没戴套。巧说。

你跟其他女孩是不一样的。巧摸着她的头发。

客厅一角，姐姐"噼噼啪啪"发消息的对方是女校的朋友，是个女孩。

那是她最好的朋友，姐姐和她见面的时候也曾叫过光一起。是个戴眼镜、让人感觉很好的温柔的人。跟光三个人一起吃饭时，光注意到，那女孩跟姐姐时不时使个眼色，或相视而笑，有种仅限于她二人的亲密感。

后来，姐姐像是坦白重大秘密一般跟她说"她们正在交往"时，她也不过是说了句"哦？这样啊"，并不感到十分惊讶。

然而，姐姐似乎觉得能跟光炫耀这件事实在高兴得不得了。她说"那女孩跟其他女孩都不一样"，而两个人吵架的时候，她一副到了世界末日的表情，长时间窝在光的房间里絮絮叨叨说些根本没有结论的话。

那时候，她觉得女校还真是辛苦啊，觉得姐姐真是天真烂漫。

光不清楚姐姐是不是真的喜欢女生。在那所全是优等生的尾野矢女校，生活中没有其他男生，一时误会走到这一步也不是不可能。

听了姐姐的秘密，光反而生出了强大的优越感，无意分享巧的事情。今后某一天，姐姐她们走在外面，碰巧遇到帅气的巧跟自己，进而意识到自己引以为傲的事情真的很丢人，这就够了。

"姐姐和光都不要发消息了。"

母亲皱着脸说。口中应着"好的"，可姐姐和光都不曾将视线移开手机片刻。

对严肃认真的双亲和天真烂漫的姐姐充满了复仇的情绪，光盯着手机短信的界面想道。

我绝不会变成你们。

（三）

在光的中学里，交往的情侣经常会去县政府所在地玩儿。

跟巧出去玩的时候，光路过从钢琴演奏会回来时一家人常去的那家餐厅门前。那天，跟妈妈要了电影票钱，说"要跟朋友去看电影"。但因为弄错了放映时间，电影没看成，刚好赶上了午饭时间。

"巧，我们在这里吃吧?"

平时来玩儿，只能吃麦当劳或乐天利等快餐。不过，只要有五百日元，也能在这家餐厅吃一顿。跟男朋友来这家只跟父母来过的餐厅，是种很新鲜的感受，那天她无论如何也想这么做。两个人已经没有兴致去看电影了。

"好的。"

用电影票钱，巧点了咖喱烩饭，光点了以往跟父母来时吃的松饼。与总是点同款菜色的自家不同，巧点了光在这里第一次看到的咖喱烩饭，这也让她隐约有点开心。

"我经常跟家人来这里。"

跟男朋友来与家人来过的地方。这大概也是自己那顽固的双亲无法想象的事情吧。松饼吃起来也似乎跟以前不太一样。并不觉得特别美味，反而变得淡而无味——以前明明觉得很好吃，每次都充满期待，可一旦不用依靠父母买单，却觉得不过如此。每一片饼都干巴巴的，吃到一半就已经饱了。

"我去下厕所。"

虽然写着是"餐厅"，这家店的整体氛围更接近于咖啡馆。

自己这种半大孩子进去多少有些抵触，可店里也坐着一些高中生。店员也只是事务性地带位而已。

本想去餐厅门口旁边的厕所，似乎有人在里面，门上的标志呈现红色。在外面等着厕所空出来时，听到里面有什么动静。

多个男生嘻嘻哈哈的，听起来让人十分讨厌。

这里的厕所是男女共用，只有一间。如此说来，光二人进来时坐在靠里的座位上的一群高中生不知何时不见了。

要不先回巧身边吧——正想着，厕所的门突然打开了。狭窄的厕所间里有三个男高中生。跟站在门前的光对视，他们脸上闪现了一瞬的惊讶，然后马上笑嘻嘻地相互使了个脸色，扬长而去。擦肩而过时，其中一个捉弄人似的说了声："拜拜——"

鼻腔瞬间充满了烟草的气味。

他们走后的厕所间的和式蹲便器中躺着一个短短的烟头。不晓得他们为何不冲掉，可总觉得他们是故意为之。

不想用留着烟屁股的厕所，光直接逃回了巧身边。心中惴惴不安，如果那群高中生还在位子上，一脸嫌恶地看着自己该怎么办？不过，那群人已经走了。

跟父母来时从未碰到过那些人。本以为这是个很正规的地方，可那些人平时肯定也经常来。

"怎么了？"

见光回来不说话，巧关心地问。光还没有整理好自己的情绪，直接答道："有高中生在厕所里吸烟。就跟笨蛋一样。"

虽然光很喜欢巧在房间里吸烟，可刚才那群人在那样狭窄的厕所里，还同时进去了三个人吸烟，就跟笨蛋一样。明明比巧年长，却连烟屁股都不收拾，就像故意让大人们发现一样。

光觉得很丢脸才说的，可巧一脸开心的表情。"哎？真的吗？"他安慰一脸不开心的光说，"原谅他们吧。"

"你可能不懂，男人有时候真的会忍不住想吸烟。"

那是一种袒护的口吻，像是在说做坏事的家伙全都是自己的战友。"不过，是嘛，在厕所嘛。"他嘲笑着比自己年纪大的那些人。

光感觉很不舒服。

她马上看向餐厅深处那幅近似橘黄色的彩绘玻璃样式的画。跟父母来时看上去很高级的那幅画，仔细一看竟像是画在塑料板上的，边缘还有着大大的裂痕。

付好钱准备走出餐厅时，巧叫住了她："光，过来一下。"

收银的店员走后，她被巧拉进了厕所。烟草的气味依旧很强烈。烟屁股也依旧留在那里。

"可以摸你吗？"

巧小声问。光还没回答，身体便被抵在了狭窄厕所间的墙上。

"会有人来的。"听光这么说，巧也没有停止。指甲留长的巧把手伸进光的衬衫，探进了胸衣里。

在车站或百货商店的厕所里做这种事并不稀奇。可是那天，光一鼓作气用力推开了巧："不要！"巧一脸惊讶地看着自己。

不知是肚子还是胸口，光总觉得很不舒服。想吐。

充斥在厕所间里的烟草的气味。明明不是自己吸的烟，却涌向了喉头，让人不禁想呕吐。

"等等，抱歉。"她简短地道了声歉，便弯下了身体，在蹲便器前干呕。黑色的烟灰混杂在水中溶开的样子映入眼帘，呕吐的感觉更甚，喉头深处发出了"呕"的声音。然而，还是吐不出来。喉头酸酸热热的。

"没事吧，光？"

巧不安地问道。

光立刻回答"没关系"，可感觉依旧很糟糕。好想赶紧逃离烟草的味道。

打开厕所门，跟巧走出来时一眼便看到有个男人站在那里。一脸认真严肃的大人死死盯着走出来的光和巧。一眼便可以看出，他大概是这家店的店长之类的。

"啊。"

巧尴尬出声。他是从什么时候开始在这里的？恐怕是听到了声音，不论如何，两个人从厕所间一起出来本身就明显透着不自然。光还是不舒服，头晕乎乎的，可还是不想被骂，只是小声说了句："对不起。"低着头从那里逃了出来，火速离开了那家店。

走到外面，终于呼吸到了新鲜空气。可是，急急跑出来，胸口还在怦怦直跳，她的呼吸很浅，越发感觉身体不舒服。

"完蛋了。我们的学校不会暴露了吧？"巧眼看要哭出来，非常介意。

"会不会解释下比较好啊？就说是光身体不舒服，才陪你一起进去的。还有，烟并不是我抽的，他应该很清楚吧？要是他误以为是我们抽的，那就……"

"好了，我们走吧。"

光其实也在心里隐隐思忖该如何是好。那家餐厅是自家常去的店。虽说还算不上常客，父母也不曾跟店员闲聊过，可下次自己去的时候，很难保证他们不记得自己。

大概，以后再也不能去那里了。

"什么?"巧瞪过来,似是光的反应让他无比焦躁。

"可是,明明不是我抽的,被误会多亏啊。"他一直耿耿于怀。

胃酸翻涌、烟草气味、无滋无味的松饼、眩晕、呕吐感。如今想来,那便是征兆。

可是,那时候,光完全没想到是因为怀孕。

后来才知道,此时光已经怀孕三个月了。

——那时候,跟巧开始交往的光贪婪地翻阅着图书馆里像傻瓜一样推荐、自家父母认可的类似《女孩子的性和身体》的书——这跟大人们藏起来的所谓的色情书不同——和网站。

当书中出现自己也曾有过的类似经历时,她会觉得很快乐,而当她所经历的种种比书中更进一步时,她的脸颊会变得热辣辣的。自己找来读一读还挺有意思的。

漫画里有这样一个场景。

未采取避孕措施的高中生主人公发现怀孕了。

"怎么可能?只做了一次啊!"主人公问医生。医生回答:"仅一次也可能怀孕。"那位主人公被禁止与男朋友见面,男朋友不明所以,在雨天里去主人公学校接她。

感激不已的主人公跟终于见面的男朋友坦白了怀孕的事情。她说:"我想生下来。"在此之前不停说着"爱你,好想你"的他突然变了表情。他满脸狼狈地说"这很让人困扰",抱头哭出声来，"我还不想被束缚"。

男朋友的态度让主人公深受打击，最终决定终止妊娠。

那个漫画只是一个例子，找了一下发现，很多地方都出现了类似的情节。

无论哪个故事，都会通过讲述劝说要做好"避孕措施"，忽略的话将会面临"男朋友逃离，不得不终止妊娠"的结局。

光觉得这些故事特别没有现实感。

她觉得自己根本不会落到那步田地，这种过度预警的读物只是大人们拍拍脑袋编出来的。

注定走上"终止妊娠"道路的主人公们在大多数场合肯定会马上觉察到怀孕，将周围的大人们全都卷进来，乱成一团。这里并没有光所需要的信息。

就算怀孕了，肚子也不会马上变大。

存在初次月经来潮之前便已经怀孕的情况。

可哪里都没有提到过，可能会有人怀孕六个月了依旧毫无察觉，而这时候已经不可以终止妊娠了。

光发现怀孕，是在她因贫血去附近的内科医院就诊的时候。

寒假刚刚结束，回到学校后，身体一直不舒服。

最近也有些发烧，还想呕吐。

去了学校的保健室，校医诊断说"大概是贫血"，让她好好休息。"贫血"这个病名带着梦幻、帅气的感觉。被诊断为贫血甚至让她有丝窃喜。

"说我可能是贫血。"妈妈听了很惊讶："哎？为什么？"

"怎么会贫血？"

"不知道。对方这么说的。"

一直以来，父母和姐姐都很健康，似乎从未考虑过自己的家人中会有人生病。光对此也感到很焦躁。"虽说是一家人，我也有可能生与你们无缘的病啊。"

连着好几日都觉得身体很难受没法上学，学校的老师们建议去医院看看。已经是中学生了，平时感冒也是一个人去医院，可那次却是妈妈陪着去的。与其说是担心光的身体，不如说是怀疑她在装病吧。她一定是觉得，自家孩子肯定没有生病，这不过是为了逃避上学而撒的谎。

给工作的学校打电话告知会迟到的母亲很焦虑便是证据。她毫不掩饰地说："明明妈妈很忙的……"

就像感冒时做的那样，医生按压下腹部时，稍稍感到了一些异常。

医生检查了喉咙、胸部，用听诊器听声音，查看背部——在这套按部就班的诊断过程中，医生停下了平时不会停下的手。

医生再一次按压了光的腹部，似乎要确认什么。

"痛吗？"医生问了一句。光回答说"不知道"，医生也没再按压，移开了手。

医生让她穿好衣服，说："顺便做一下其他检查吧。"这时候，她依旧深信这是在做诊断贫血的检查。

留尿、抽血，在候诊室里再次被叫到名字："片仓女士。"

医生所在的诊疗室的门开了，从中探出脸来的护士对正准备起身的光母女开口道：

"片仓女士。请母亲进来一下。"

等在外面的光这时候还在翻看着候诊室里的漫画。搞不好是什么严重的疾病，虽然不喜欢生病，大概是要住院，但不用去学校了吧？如此一来，期末考试和不擅长的排球比赛都不用参加了。她心中甚至有着淡淡的期待。不过，肯定不会发生那样的事情。大概不可能不上学吧，在她内心某处早已经放弃这个念头了。

再次被叫到名字似乎是在很长时间之后了。

"片仓女士。"

诊疗室的门被再次打开，刚才那位护士再次探出身来。本以为会出来的母亲还待在诊疗室中，并未现身。护士又叫了一次，这次是叫了光的名字。

"片仓光女士，请进来。"

走进诊疗室，母亲———一脸严肃地看向光。

看到她的眼睛，光困惑了。

母亲在生气。她面色苍白，用跟之前完全不同的表情一脸僵硬地看向这边。母亲似乎在瞪着自己，可那双眼睛透出的情绪更甚、更可怕，似是在观察，又似是在看陌生人。她第一次露出这样的表情。

光吃惊得不知所措。为什么一定要承受这个人的这种眼光？

"光小姐。"

开口的不是母亲，是医生。

医生问坐在对面的光。

"你有男性经验吗？"

光沉默地看着医生。男性经验——有生以来第一次听到这个词。事出突然，可当她意识到这也许指的是性生活的瞬间，光没有多想，回答道："有。"

或许是因为她想复仇。

因为她想公之于众。

她想让自己那位认真的、只能生活在苍白感受之下的母亲——那位坚信自己的女儿绝不会惹出什么乱子的母亲知道，自己很受欢迎，光芒四射。

刚点头，母亲动了。

"跟谁？！"

她发出了近似悲鸣的声音，一手掐住了光的咽喉。力气很大。护士慌忙奔向母亲身边，可母亲并未松手。

"被谁欺负了？！"

听她这么一说，光第一次觉得"完蛋了"。并不是被欺负了，而是做了。巧跟我是正正经经在交往，可在母亲看来，那就是被欺负了。巧被当成了坏蛋。

正想着要认真解释清楚，母亲抢先开口：

"你怀孕了！为什么不说？你有孩子了！"

高亢尖锐的声音宣告了这件事。

"这位妈妈。"医生和护士在旁边说着什么。

耳中是母亲的声音，光睁大眼睛，大脑一片空白。

茫然地听着那个声音，心中满是不可置信。如潜入水底倾听水面声响时一般，在场的所有人的声音听起来是那么遥远。

在前往介绍信上的附近的妇产科医院途中，母亲在车中一言不发。

她坐进车子后只是立刻用手机给就职的学校打去电话请假，说"今天要休息一天"，之后跟光没有任何交谈。

让她怀孕的是巧。

是男朋友。

并不是被强迫的。

光在诊疗室中坦白了一切。

在光近来阅读的漫画中，有很多主人公偏袒男朋友固执地不肯说出名字的桥段，可回到现实，光毫不犹豫地说出了对方的名字。

即使事情变成了这样，她还是想让母亲知道，自己在跟巧这样的男孩子交往。

母亲什么都没说。

她跟光没有任何交谈，却一直在自言自语。

每次停车等红绿灯，她都在碎碎念："本该去更远一点的医院""哎呀，该怎么跟学校说""都怪爸爸给她买手机"等等。听上去也并不是故意说给光听的。那个样子实在太可怕了，光也越发不知该说什么。

在妇产科医院的停车场下车时，母亲终于喊了声"光"，问道：

"是什么时候做的？大概什么时候怀孕的？"

"不知道。"

听到光的回答，母亲的表情愈发紧绷，用一种恐怖的眼神看着光。

可是，不可能知道。不止做过一次。做了几次、几百次。这个人连这都不懂吗？

"算了。"母亲道。

看到这个反应，光失望极了。别说性了，连喜欢的男孩子这种话题都不能聊的母亲。与这样的母亲之间，巧的事情是光用心守护的秘密，就如她最后的杀手锏。

可是，一旦公之于众，光便没有了任何秘密。再也没有刺向母亲的武器了。

即使坦白了巧的事情，母亲也不会拒绝做自己的母亲。她似乎依旧坚信理解光的全部，光却觉得这是一种极其傲慢的想法。

听到怀孕，自己也不清楚是不是想生下来。

想生？不想生？为什么电视剧或漫画中的主人公们能够马上

清楚自己的想法？光不清楚自己的真实想法。父母必定会要求她去做人工流产。已经预想到了。

即便被告知怀孕，她还在分心想着："月经初潮还没来，会不会自然而然就流产了呢？"巧和自己即便发生了这样的事情，也还是会继续交往的吧？即便我不介意，巧会不会心有芥蒂进而跟我分手呢？若如此，该怎么办？这反而是她最担心的。

——仔细整理后发现，大部分的担心落在了"可以终止妊娠"上。流产需要一定的费用，却是可能实施的，不管光本人怎么想，父母是绝不会同意她把孩子生下来养大的。

巧家里会是什么反应呢？虽然没见过养育出自由奔放的哥哥和巧的他们的妈妈，也许，她会比光的母亲更能理解怀孕这件事。

好想尽快把怀孕的事情告诉巧。

或许他会觉得麻烦，会说自己想要自由。可是，想告诉他。说不定他会说："如果是跟光，我想养大那个孩子。"

"早知道就让你去上尾野矢了。"

听到了母亲的碎碎念。

这次并不完全是自言自语，明显是对光说的。姐姐就读的、光也参加了考试最终因抽签落选的那所学校的校名为何会在这个时候被提及？光疑惑地看向母亲，她的眼底燃着熊熊怒火。

"——说你成绩没问题，因为抽签落选。那都是谎话。"

光沉默。妈妈摇了摇头。

"为了不伤害到你，妈妈跟周围的人都是这么说的，可你是因为成绩不好落榜，根本不是抽签。无论如何也是上不了的。"

说完，母亲沉默了。

为什么如今要说这些？成绩不够的话，"早知道就让你去上尾野矢了"这种话不是很奇怪吗？

光心中思忖着，嘴上却没说话。

因为她明白，这恐怕就是母亲的王牌吧。正如光把巧的事情当作秘密一样，对母亲来说，这也是迟早有一天要跟光提起的、特意保守的秘密吧。

互相亮出"王牌"的两个人之后便不再与对方交流，沉默着走进了医院。

在产科，这次没有单独面谈，而是光跟母亲一同听了医生诊断。

或许是接到了刚才的内科医生的联络，负责接诊的女医生看到中学生光，也并未在脸上露出一丝的惊讶。她以事务性的口吻说："我要做一下内检。"

内检。曾听过这个词。

之前，姐姐跟母亲说要去妇科看月经不调，母亲曾嘱咐过："你记得跟医生说不要做内检哦。"

"妈妈之前没提前告知，突然被做了内检，感觉非常不好。"

想来，内检应该是阴道检查的意思。"好的。"看着对母亲言听计从的姐姐，光觉得她傻到家了。已经在跟巧交往，那种事情有什么好怕的？原是处女的妈妈和如今依旧是处女的姐姐，这两个人真是丢脸死了。

可是，这次即便出现了"内检"这个词，母亲也什么都没说。她丝毫没有担心光，只是说了句："麻烦您了。"她感到，母亲已经放弃了自己。母亲和姐姐所在的那个干净的世界让人怀念。

光躺上检查台时，腿软了。好可怕。

"好的，放松。"

话虽如此，可怎么也无法放松下来。光紧紧闭上了双眼。每当医生做检查时，每当她在纸上做记录时，她都在祈祷："希望怀孕是误诊。"

可是，怀孕并没有弄错。

从检查台上下来，再次来到诊疗室，医生对光和母亲做了说明。

"已经有二十二周了。——现在正要进入第二十三周。"

医生转向二人，特别是母亲的方向。明明是在谈论光的事情，可她的脸却一直看着身为监护人的光的母亲。

"已经过了可以终止妊娠的时点。"

母亲大惊。光也惊讶地睁大了眼睛。

医生提到了《母体保护法》。根据此法，终止妊娠只能在妊娠二十一周零六天之前进行。

——光已经超过了一个星期。

"能再仔细检查一下吗？"

妈妈说。声音中透着慌乱。

"会不会多算了一周？这样的话，上周来检查的话就可以吗？"

上周我在做什么呢，光想。还在放寒假，自己去参加了社团活动，又去了钢琴教室。跟姐姐在客厅看电视打发时间。随便找一天去趟医院，是不是比较好？

恐怕母亲也在考虑同样的事情吧？

（四）

光并没有做决定的权利。

想生，还是不想生？

想养，还是不想养？

漫画里看到的桥段并没有发生。

告诉巧，巧觉得很麻烦，或表示"还不想被束缚"的场景也没有发生。

因为，所有的一切都是在光不知道的情况下进行的。

即使发现了怀孕，光还是被要求正常上学。

只是，他们说，不可以跟巧见面。手机也被收走，只是两点一线往返于学校和家之间。他们也要求她以"贫血很严重"的理由退出了社团活动。

光本人无法联系巧，但父母却似乎跟巧的家长取得了联系。

不知道他们是不是直接见了面。

"这都是些什么人！"她听到了父母亲之间的对话。

巧的父母似乎主动跟自己父母提出："能不能找找现在也能做人工流产的医院？"

"我们可以承担人工流产的费用，无论如何，希望能够把孩子流掉。"

不知道这里面是不是有巧的意思。

光本打算去学校跟巧聊聊，可她不参加社团活动的话，跟不同班的巧几乎碰不到面。

不知自己接下来会如何。

一旦被告知这里有小宝宝，她总会在不经意间抚上一直不怎么在意的腹部。事到如今，也没办法跟巧见面，似乎在这样的日日夜夜里，自己能够依靠的地方只有腹部这一处了。

父亲和姐姐都没有当面训斥过光。

尤其是父亲，依旧如往常一般亲昵地称呼光为"小光"，许是想减轻彼此之间的尴尬。可在如今的光看来，这真是恶心至极。

"小光没有错哦。"话虽如此，可她本来也不觉得自己做错了什么。一想到父亲竟然觉得女儿有了比家人更重要的人是件"坏事"，她的心情就非常复杂。

姐姐也没有责备光。她默默来到房间，眼泪直掉，说："光，你受苦了吧。"这样一来，心中涌出万千情绪，光也跟着落泪。可是，即便这样执手相看泪眼，她心中依旧充满悔恨，姐姐明明也完全不理解光真正在想什么。生活在远离自己的圣洁世界里的姐姐，恐怕也会用她那纯洁的脑袋来思考妹妹的事情吧？竟然被卷入了这样的无忧无虑中，真令人难以忍受。

——光在家人身上感受到了近似于厌恶的情绪，却又不得不依靠他们。

腹中宝宝的命运将由他们来决定——她感受到了几乎是无条件的一抹安心。这种矛盾的心情几乎要撕裂她，一次又一次。原本绝对不想暴露，现在却因被父母知晓而松了一口气。

知道怀孕后，曾跟巧聊过一次。

课间休息时间过来的巧，只是几个星期没见，个子高了，头发长了，看上去稍稍像个大人了。

在学校里看到巧跟其他同学交谈的时候，她总是在想，巧会不会已经把自己忘了？一直都非常不安。因此，他能来找自己，真是太开心了，开心得令人难以置信。

学校的老师们似乎也知道光怀孕了。虽然无人提及，但好像是光的母亲说的。被众人小心翼翼地对待，却始终无人问及此事，这种状况每天都让人非常难受。

"下节课能不能逃掉？"面对这样的提议，光满心雀跃。

"嗯。"两个人逃了课，去了人少的逃生通道。

巧道歉："对不起。"

他的眼眶湿润，泪水落了下来。那泪水也感染了光。两个人齐齐落泪。然后，接吻。

接吻后，巧似乎还想说些什么，光也有满腹的话要倾诉，可那时候突然响起了一个声音："喂!"并非负责自己年级的老师发现了光他们，走了过来。两个人慌忙离开，逃也似的回到了各自的班级。

自那之后，再也没见过巧。或许是接到了老师的联络，说他俩见过面，光在家里也被骂得狗血淋头。

"你到底在想些什么?"母亲不可置信地问道。

可是，不知道在想些什么的，是母亲。

不能流掉的宝宝，即使不受欢迎也要来到世上。尚且无法想象，可的确是要生下来的吧?

这样的话，巧和自己即使还不能结婚，以后终究是要结婚的吧?现在这样阻止我们见面究竟有什么意义?真想问问他们。

难道说，他们现在要用什么方法让光流产吗?看过的电视剧中，曾有孕妇被从楼梯或别的什么地方推下去导致流产的情节。想到此，光寒毛直竖。

那之后不久，她就明白了母亲他们究竟在想些什么。

在父母和姐姐齐聚的客厅里，父母非常正式地跟光说："跟你说件事情。"

"从明天起，你不用去学校了。我们已经跟学校沟通过了，说你生病了，要住院一段时间。"

怀孕八个月了，光的腹部也开始高高隆起。虽然光就读学校的制服是没有收腰的宽松衬衫，可也眼看着要遮盖不住了。那时候，她正想着，春假能不能早点来。

"——这段时间要把孩子生下来？"

"是的。"

接下来。

父母开始介绍特殊领养制度。

这就是光的母亲找到的光肚子里的孩子的归宿。这种制度让渴求孩子的家庭领养母亲生下却无力抚养长大的宝宝，将其作为自家孩子养大。

光被告知，她将要住进制定这一制度的人所运营的宿舍，做好生育前的准备。

光的手不断颤抖着。

放在腹部的手变得僵硬，再也听不下去了。

"不要。"这句话还未经仔细思考便说出了口。

"不要。这……为什么要这么随便做决定？"

"可是，不能养大吧？"

父亲、母亲，甚至姐姐都对光的反应表示出了惊讶。母亲毫不掩饰自己的不快，说："妈妈从来没想过你会这么说。"

"你还是个中学生啊！"

父亲说。

"如果你是大学生，或成年人，爸爸也不会反对。你连结婚都没资格，生下孩子该怎么办？"

"可是，我不要啊。"

到底不要什么，自己也不是很清楚。只是直觉，绝不能在这个时候低头。

许是自己想得太美好了，出生的孩子不可以也在这个家里养大吗？不清楚巧的双亲是什么样的人、对此事有何看法，可既然孩子已经在我的肚子里，就像照顾我一样，父母也帮忙照顾这个孩子，不行吗？

而且，父亲的话都是天大的谎话。

哪怕是大学生，哪怕成人，父母也绝对不会允许女儿们去做他们不允许的事情。单提年龄，实在太狡猾了。

"光，冷静点。只能请别人领养了啊。那样的话，那孩子也会幸福的。"

姐姐说。

"等生好孩子回来，还能赶上中考呢。"

光感觉自己要昏倒了。

姐姐和父母的想法都非常合理，无比正确。那里并不存在顾及光和巧的心情的余地。

"人生会一塌糊涂的。你才十四岁。"

"现在还可以挽回啊。"

"如果要修正轨道……"

不想听父母的声音，好想塞住耳朵，护住腹部。

无法终止妊娠的话，生下来给别人就好。如此便可将此事一笔勾销。明明这种想法是错的，可在这个家里，指出这一点的光反而像是奇怪的那一个。

可另一方面，脱口说出"不要"的光自己其实也很困惑。

把孩子生下来，在这个家里养大的话，光会怎么样呢？等长大了，跟巧结婚肯定是幸福的，可是周围的人，其他同学和朋友又会怎么看待自己呢？

不用参加中考，也不用发愁应付期末考试的生活瞬间甜美得令她心旌摇曳。可之后是要一直待在家里吗？

没有人能告诉她。

一直以来，关于考试，关于社团活动，只要开口问家人或长辈，便会有过来人给出答案。毕竟都是大家的亲身经历，想来是没有问题的，可现如今，光独自一人惹上了谁都未曾为之烦恼过的大麻烦。不知道答案，哪里都没有答案。

"巧也说希望这样处理。"

母亲说。

光感觉身体不舒服，心中满满是说不清道不明的混乱和烦恼。突如其来的这句显得尤其尖锐，她的心紧紧揪了起来。

说谎，她想。

虽说没有说出口，心里却很确信。

肯定是父母、老师，或其他什么人让他这么说的。在学校的逃生通道里流着泪接吻的那张脸才是真的，一定是这样。

光并未回应。

可是，好迷茫，心里也是摇摆不定。

巧也跟光一样，并没有做决定的权利。连自己唯一的战友——他，也跟光一样，明明是当事人却无能为力。

没有同伴。

"要是肚子里的孩子能流掉该有多好。"

已经骂累、哭累的母亲终于说出了这句话。

对光来说，促使她做出决定的，不是巧的想法，而是母亲的这句话。

直至那一天，光曾无数次梦到被母亲从某处推下去。是流产的梦。

是被杀死的梦。

不想跟这群憎恨腹中胎儿的人生活在同一屋檐下。

从事教师职业的父亲母亲，在人们抬头不见低头见的小县城里的私立高中上学的姐姐，他们很怕被人说闲话。

他们不愿将身为中学生却要生育孩子的自己留在家里。

这里已经没有光的容身之处了。

（五）

光一个人站在约好见面的广岛站的检票口前。

背着装有最低限度的换洗衣物和生活用品的背包等在那里，看到了那个人。

"是片仓光吗?"

突然被搭讪，她吓了一跳。

是个温柔的圆脸阿姨。光慌了神，沉默地点点头。原本想好好打个招呼，可一看到人就紧张起来，声音梗在了喉头。

"啊，你好。你妈妈说会尽量陪着一起来，她是没来咯。你是一个人来的吗?"

"……母亲她要上班。"

断断续续地做出解释。她只是把新干线的车票递给自己，让自己一个人去。在刚才这个人提及之前，根本不知道母亲曾有那个打算。

圆脸阿姨笑着说："啊，是嘛。了不起啊!"然后便做了自我介绍。

"我是 Baby Baton 的负责人浅见。电话里我们也聊过好几次，从今天开始还请多多关照。"

"……好。"

"那我们走吧。"

她是个很容易让人心生亲近的人。与光交谈时也是敬语和日常用语掺半，程度刚刚好。如果是个非常板正的人，她大概会想逃走。

怀孕却无法抚养孩子的母亲的宿舍跟 Baby Baton 的事务所一

同坐落在广岛。

光有生以来从未来过广岛。这么长时间乘车也是生平第一次。

"你来过广岛吗?"

浅见带她去的是地面电车的乘车点。并非行驶在固定轨道,而是跟汽车一样从道路中央驶来的电车非常新奇。

跟着浅见上了地面电车,落座后光回答:"我是第一次来广岛。"

透过眼前的车窗,陌生城市的景色缓缓流过。提示景点的招牌、招牌下标识的地名、停车时旁边电线杆上的电话号码的区号,对光来说全然陌生,越看越感觉腹部深处隐隐作痛,心里越发没底。

地面电车行驶了一段时间,大海突然便跳入了眼帘。

太阳照耀着海面,闪闪发光。"是大海。"她呼出声来,浅见笑了。

"嗯,是大海。"

面朝大海的小小山丘上,坐落着那栋公寓。

虽然称之为"宿舍",可那里给人一种破败社区的感觉。光一直跟双亲住在独栋的房子里,可同学中也有人住这样的房子。光去玩儿的时候,虽然有些不好意思,可总是会惊讶,一家人居然会住在这狭窄空间里。

Baby Baton 的宿舍或许并没有社区那么大。但是,破旧、到处是裂痕的水泥墙壁跟光所知道的老家的社区非常相似。

光抵达时看到几扇窗前挂着洗晒衣物。看到窗前挂着的成年女性会穿的红色蕾丝内衣，她心中一跳，不过，也有很多印着卡通图案的 T 恤衫。

正巧有一个腹部高高隆起、身穿宽松连衣裙的女人走了出来。茶色头发束在脑后，戴着太阳眼镜。

"真帆，去做健康检查吗?"

浅见女士问道。她看向了这边。

很明显，她怀孕了。镶着黑白滚边的连衣裙很时髦，还挎着一个带着香奈儿 logo 的黑色包包。她戴着太阳眼镜，看向浅见女士和光这边。

"嗯。"那个人点头。

"步行有益健康，我走过去。"

"是嘛。那注意安全啊。"

"好嘞!"

她看了看光，什么都没说，就这样走远了。或许只是没有兴趣，可就像被无视了一般，光心里有点难受。

中学生、个子矮矮的光恐怕看着不像高中生吧。脱掉学校制服，换上私服后，如今已经变大的肚子更加明显。总之，要是继续待在家里，肯定会被人察觉。

大概是留意到光在看着那个人，浅见笑着说:"那是真帆，很洋气吧?"光生硬地回答道:"是的。"

真不可思议。那人明明是个大人，也没法抚养孩子长大吗?

到底因何缘由怀孕的呢？

"宿舍两个人共用一个房间。小光的房间在这边。203 号房间。现在已经住进了一人，你要跟那个孩子好好相处哦。"

"——好的。"

今天就要马上跟陌生人一起住吗？浅见看着表情不禁变得紧绷的光，说："没关系，没关系。"

"那孩子很开朗，你们肯定很快就能相处融洽的。"

上楼立马左转，便是 203 号房间。

"没有电梯，要每天爬楼梯哦。为了能够顺利生产，刚才的真帆也是如此，每天要多多散步，上下楼梯也很有益处。要加油哦。"

光很惊讶。

在栃木的时候，家人之间的话题几乎不会涉及光怀孕，更不用说"顺利生产"这样的词，根本不会说出口。浅见淡淡提到这些，让她感到很舒服。

"心美，我们进来咯！"

浅见说着打开了房间门。光忐忑地看进房间。细长的走廊连接着厨房。厨房对面的那扇门后大概是洗手间或浴室。

房间里传来了"好的"的声音。原以为她会出来迎接，可房间里没人出来。浅见笑着，一副"真是没办法"的表情，催促光道："进去吧。"

走进房间，一个女人正在趴着看漫画。

那副形象真让人无语。她将大大的肚皮压在身下，就这么趴着。就像是趴在一个大大的球状抱枕上一样。

她看了看浅见和光。

"这孩子是新来的?"

"是的。她是小光。——心美，肚子看着有点辛苦。你快坐好。"

"啊? 可是……"

心美撒娇，可终究还是起了身。不知道她究竟有几分是故意要吓唬光。她看向这边，笑呵呵地说："你好哦。"

她看上去比刚才擦肩而过的女人要年长些。

人很漂亮。这是第一印象。茶色的头发烫过，即便束着也是松松卷着。淡淡的脸颊和小小圆圆的额头的形状很好看。鼻梁也是又高又挺。也许平时会化妆，眉毛被剃掉了，几乎没有。感觉这是个很艳丽的女人，可光身边几乎没有这类人，稍有些不知所措。

也许她早就听浅见提过光还是中学生，并没有露出惊讶的表情。

"你好哦，光。"

直呼姓名的问候，一下子拉近了彼此的距离。起身后才发现，她的腹部远比光的要大，眼看要胀破了。

在宿舍里，要自己做饭。

扫除、洗衣也要自己来。

听说这里的餐费和光热费之后将由养育自己生下的孩子的养父母负担。

"光会做饭吗?"

面对心美的提问,光摇摇头。很惭愧,家里几乎都是母亲做饭,姐姐和光至多就是帮忙给蔬菜削皮或洗碗。不过,心美笑笑说:"哎呀,光这个年纪,这不是很正常的吗?"

心美也不怎么会做饭。不过,她会指挥着光干这干那,类似撒撒盐之类的,凑合着做些出来。比如炒饭、炒蔬菜、回锅肉等等。煎炒的菜色比较多,她会主动进厨房给光做很多吃的。

心美二十三岁。

听说原先在东京的风俗店里工作。在光入住当天,她就说了腹中胎儿的事。

"是店里客人的孩子。你应该不清楚风俗的种类吧?"

"……不知道。"

"啊,算了。我所在的那家店有各种非常猥琐的要求。若是拒绝,被点到的机会便会减少。孩子就是这么来的。我根本不知道孩子父亲是谁。"

听闻这冲击性的剖白,光一时无言以对。

心美继续说:"太糟糕了,对吧?"

"想要摆脱这样的客人而一门心思拼命工作,结果却怀上了对方的孩子,真是没救了。心里气得不行,可我根本不知道对方是谁，连生气都找不到正主。"

现在，宿舍里住着十五个孕妇。

其中也有其他像心美这种在风俗店里工作意外怀孕的女性。

可是，心美说等孩子生下来还要回同一家店工作。

"所以，希望阵痛能快点来啊。希望孩子能赶紧从我身体里出来。店里也说让我早点回去。"

干巴巴的语气让光心里直打怵。

自己是不是到了一处本不该来的地方？惴惴不安的光在入住宿舍的当日全然没有睡意，留意着不要吵醒睡在旁边的心美，一个人偷偷落泪。

眼泪一个劲儿地掉个不停，她不禁想起了自己家和巧。

已经能够感受到胎动。一感觉到腹中胎儿在动，她便会紧紧随着那胎动将手放在上面。

跟心美不同，光并没有让腹中胎儿赶紧出来的念头。光甚至觉得，腹中的这个孩子是自己此处唯一的依靠。

来宿舍的第二天起，光便开始给腹中的孩子写信。

她们说，宿舍生活只需要专心待产即可。除了去附近与 Baby Baton 有协作关系的产科医院做健康检查，她们可以散散步，自由度日。

自己这个顶着中学生的面孔、过度年轻的孕妇在旁人眼中会是个什么样子呢？光心中充满了恐惧，对于频繁外出散步心存抵触。

Baby Baton 所从事的工作也会被电视或报纸报道。有一次，以遮住孕妇的面孔为条件，宿舍安排了采访拍摄。

跟光同住的心美接受了个别采访，而浅见对光很照顾，即使脸部被打上马赛克也不想让光入镜。在他们来的这段时间，特别请光转去了别的房间。

听浅见介绍，在 Baby Baton 的帮助下生育的中学生或高中生孕妇中，有些会来这里待产，也有很多会留在家中，直至临盆之前几乎足不出户，隐藏度日。

相较来说，远离家乡、稍稍自由的光或许是幸运的那个。

被藏起来，被庇护，她对此心存感激。可是，不经意间便会被无法压抑的冲动所支配。

写给腹中孩子的信里时不时会混进自己的心里话——不知写给谁的心声。

"不要藏起来。"

"我明明在这里。"

"不要抹杀掉。"

昨天才写下的话，次日重温时却已不记得为何会这么写，不记得落笔时到底在想些什么。那么，接受采访、暴露于人前也可以吗？这肯定不一样。

可是，明知前后矛盾，她还是哭着不断记下心中所想。

"我好想跟宝宝一起生活啊。"

光的预产期是五月十日。

而光的生日是五月十四日。

稍微拖几日，这个孩子就会跟我同一天生日。想到这里，感受到了命运的安排。会有这么不可思议的事情吗？突然就开始觉得，这个命定的孩子跟自己之间的牵绊不会断，我们一定会一直在一起。于是，在心中祈祷："就让他在同一天出生吧。"

胎动能够很清晰地感觉到。

就像是在按压肚皮，婴儿的手肘、膝盖的骨头有力得让人无法忽视，按压着光的身体。

"光好棒啊。"

有一次，看到光热心写信的样子，比自己年长很多、人生经历也很丰富的心美不禁感叹。

那并不是阴阳怪气。心美的目光纯净，充满了极度的不可思议。

"你信里写了什么？每天都在写的吧？"

"很多……比如，对不起。"

每天内容都不一样，只有自己才明白的自言自语也很多。这一点自己也很清楚。

大致跟心美解释了一下巧的事情。只是简单说了下这是跟真心喜欢的男朋友的孩子，心想估计会被心美当成傻瓜，可意外的是，心美只是轻哼了一声。

那是一种毫无情绪波动、不在意的反应，光心里也不是没有不满，可至少她并没有笑话自己。

光的父母每隔一天便会给浅见打电话。每次都会让光接。

可是，心美虽然经常会拿手机发消息，却从未有人给她打过电话。听说她父母也不知道她怀孕的事情。

等生下孩子，光回去马上就是期末考试。父母在电话中要求她要为此好好学习。"还有中考呢。"父母的语气跟在家中时毫无二致。

心美每天都在努力学习的光身边用手机玩游戏，说："脑中空空能够集中精力。"

光慢慢喜欢上了出自心美之手的多盐多胡椒的炒蔬菜。

年长近十岁的心美正如浅见所说，人很开朗，即便光说话没礼貌也不会生气。"好难吃！""好辣！"两个人对着凑合出来的菜吐槽，笑成一团的时候也多了起来。

吃多了口味重、煎炒菜色比较多的餐食，便想吃一些爽口的食物，于是，她学着在家时母亲的样子，买了豆腐。将生姜膏挤在冷豆腐上，撒上木鱼花，最后淋上酱油——打着自己想吃的旗号动手做的这盘谈不上料理的食物，却被心美大加赞扬："这是什么！好好吃！"

"豆腐平时会配生姜？好好吃啊，这个。"

"这很正常啊。"

"哎？这个我不知道啊。"

心美的父母离婚了。母亲后来在心美上小学的时候再婚。母亲和继父生的妹妹让她很拘谨，心美上了初中之后便几乎没在家吃过饭了。以参加社团活动会晚归为幌子，父母每天会给她去便利店的钱。

一想到心美这些事情都是在跟自己差不多年纪时经历的，就觉得很不可思议。可是，在烦透了父母的光看来，这可真是令人羡慕。竟然可以不用在家吃饭。而且，光也很喜欢便利店的面包和饭团。

光原原本本表达了自己的想法后，心美也笑着说："也对哦！"

"家里烦透了，所以不想回去。我也是一样的。"之后，她突然叹了口气。

"可是，如今想来，那之后的事情更让人心烦。风俗店的工作完全是黑白颠倒的。——现在的日子真令人难以置信啊。我竟然会跟光一起在上午起床、洗衣、自己做饭。真是难以置信。"

心美的肚子越来越大，眼看就要到临盆的日子了。

光开始经常跟心美出去散步。

不是自己一个人，而是跟别人一起的话，高高隆起的肚子也没什么好怕的。事实上，路上行人也没怎么注意到她们。

或许是因为宿舍前那微微隆起的小山丘旁延伸出去的深蓝色的大海。由于行人被这色彩吸引了全部的目光，谁都没有留意到走在旁边的光。阳光照耀下的大海就是这样，有着压倒性的存在感。

光在宿舍度过了生产前的两个月。

与生怕显怀后惹人侧目，尽早住进来的光不同，很多女性都是等到临近预产期才住进来。

在宿舍里大概住一个月。

这段时间里，光入住当天与之擦肩而过的真帆办了场生日会。

"我们要给真帆办场生日会，大家集合。"

在浅见的号令下，当时入住的孕妇们齐聚真帆的房间。

提前准备的生日蛋糕上插着"生日快乐"的生日牌，光想起了自己小学时的生日会。

取下太阳眼镜的真帆的右眼上有片淤青。

似乎不是最近才有的，大概是很久之前的伤留下的不可磨灭的痕迹吧。

本以为真帆可能是个时尚、有些可怕的人，已经完全习惯宿舍生活的光鼓足勇气跟她搭讪道：

"生日，没能在同一天啊。"

真帆愣了一下，看向她。

穿着无袖上衣的肩膀晒黑了，部分皮肤上留着发炎后的痕迹。也许是皮肤脆弱吧。

"跟宝宝。"光补充道。

临近预产期的真帆，无论何时开始阵痛都不稀奇。真帆起初似乎真的没有理解光话中的意思，只是"啊"了一声，目光落在了自己的肚子上。

过了好一会儿，她才对光点了下头："嗯。"

光并不知道真帆来这里之前经历了什么。光听说她跟心美一样，在风俗店工作，对腹中宝宝父亲的情况却是一无所知。

"这样的蛋糕，我是第一次……"真帆说。

真帆十九岁。

她盯着中间插着一支长蜡烛、周围插着九支短蜡烛的蛋糕。橘色的火焰在摇曳。

真帆笑了。

"好棒啊。这还是第一次有人帮我庆祝哦。世上真有这样的蛋糕啊。原来并不是都市传说啊。我现在好感动啊。"

并不是夸张，怎么看都是发自内心的真情实感。真帆的眼里浮出了泪水，她不舍得吹熄蜡烛，蜡油滴滴落在了蛋糕的奶油上。

"吹蜡烛，吹蜡烛。"

浅见说。

"一起唱。"

众人喊着真帆的名字唱起了生日歌。

听着生日歌，真帆依旧没有抬头。

光不禁在想，无人为她庆祝、从未见过生日蛋糕的真帆究竟是在什么样的家庭中长大的呢？

晨曦将至

自己腹中的宝宝也——

自己腹中的宝宝和真帆腹中的宝宝。

这里的宝宝们以后要是都能生活在能为自己庆祝生日的家里就好了。

（六）

光来了还不满一个月，同屋的心美便入院，然后离开了宿舍。

入院待产只有短短五日，之后，如果产后恢复顺利，出院后会立刻办理孩子的领养手续，然后离开这里。

听说此事的光做完健康检查后，去探望了产后的心美。

本来这么做是不被允许的，可光无论如何都想去看看心美的孩子。

同时期生产的其他母亲们可以随意将孩子带到自己所在的病房，心美却不可以。她只能远远地看看在新生儿监护室睡着的婴儿。因为 Baby Baton 有规定，只有在分别的最后一日才能抱一下被特殊领养的孩子。

穿着粉色睡衣的心美完成了生产这个大工程，即使疲惫，也还是一脸清爽。

"光能来，我真高兴。"

她跟光一起透过玻璃看着新生儿监护室里的婴儿。

"生孩子痛吗？"光问。"痛，痛死了。光大概忍受不了吧。你该怎么办呢?"心美开玩笑道。

心美的宝宝小得令人不敢相信,可爱极了。明明还那么小,却已经能够自主呼吸了?光想到这里,胸便涨得满满的。

助产士走了过来,抱起了心美的宝宝,用奶瓶喂奶。

"胸部涨吗?有母乳吗?"

"还没有。虽说没什么关系,不过,等回到东京再有奶的话,那还真让人难过呢。"

心美淡淡笑了。

"宝宝长得像心美呢。"

"哎?真的?讨厌。怎么办呀,肯定会是个美人啊。"

她就这么注视着自己的小女孩。

那之后,回到宿舍的心美画了一个在宿舍里从未见过的完美的妆容,衣服也换成了外出服。

她去了别的房间,在放弃亲权的材料上签字,去最后抱一抱孩子。领养心美的孩子的,是一对住在大阪的夫妇。

光出门送心美。

在宿舍前,刚跟婴儿道别的心美双目赤红。她看到光也丝毫没有掩饰,一直都是那个表情。

"我走咯。"心美说。

面对浅见和光,她说:"我会努力不要再回到这里。"

她又貌似随意地补充了一句。

"我会找工作,努力生活。"

不知道这是否意味着她不会再从事以前的工作。听浅见说，心美最后跟宝宝说："我会努力到能见你的那天哦。"

"就算见不到你，也希望变成能够堂堂正正见你的自己。"说着，她抱住了宝宝。不是自己去抱，而是被宝宝抱住的那种抱法。

光感觉自己写给宝宝的信中编织着与之十分相似的心情。就算无法见面，也要变成能堂堂正正与之重逢的自己——矛盾，却实实在在出于真心。

心美离开后的下周、再下周——结果，在光临盆前的这段时间里，没有新的孕妇住进宿舍。浅见问她要不要搬去跟其他孕妇一起住，光答道："没关系。"

自己动手做做心美教的炒饭和炒蔬菜，悠悠哉哉等着自己的孩子降生。在这个年龄生产，是顺产还是剖腹产好呢？在医院里跟医生和浅见商谈之后，光决定顺产。

预产期是五月十日，光十五岁的生日在十四日，很接近。

光还在祈祷能够在同一天。就像许愿，总觉得这样一来，很多事情都能顺风顺水起来。

真帆和其他关系好的宿舍成员都很关照一个人在房间里的光，渐渐地会分点小菜给她，会在吃饭的时候来房间叫她。

并不只是炒菜和咖喱，甚至还有炖菜和腌菜。这菜单让她不禁会想，或许心美是挺笨手笨脚的。可是，好想她。

离住院的日子越来越近。有一天，在健康检查的归途中，浮在海面上的太阳和将太阳遮挡住的云朵在强光下清晰地分成了光和影，美得令人窒息。

　　"马上就要见面了，加油哦。"手放在肚子上跟孩子说着话走在回宿舍的路上，光抬头望向天空，停下了脚步。

　　好美。

　　简直就是海报上的完美景色。只是站在那里便能全身心地感受到，在缓缓流动的云朵远方，是光芒四射的太阳。不只是阳光洒向人间，因为有遮挡，竟能如此清晰地感受到它的存在，简直太妙了。

　　"好漂亮啊，小不点。"

　　等意识到的时候，已经脱口而出。

　　小不点。这是在信里取的腹中孩子的名字。是今天偷偷给自己一直没有名字的孩子取的名字。

　　一直以来，从未叫过。今后想必也不会叫。可那个名字竟然一不小心跳上了舌尖。

　　"呐，很美吧，小不点。"

　　"呐"——使用这种成年女性才会用的语气词还是第一次。话音落下，便觉得自己成了"母亲"。成了"妈妈"。

　　光咬着嘴唇。

　　离住院的日子越来越近。她不禁会想，要不逃走吧？

　　跟这孩子一起逃走，会变成什么样子呢？

泪水涌了出来。她没有拭泪，而是在心中做了个决定。

记住吧。

不能逃走。不能抚养。甚至不能给这孩子庆祝生日。那就记住吧。牢牢记住今日跟这孩子一起看到的美得不真实的天空。

记住一起目睹这美景的二人不被任何人干扰的这段时间。

许是因为那天下定了决心，从分娩直到告别那日，并没有超出想象的难过。

临盆那天，双亲和姐姐都从栃木赶来了广岛。

在持续了近二十个小时的阵痛之后生下的孩子可爱得令人无法相信。

跟预产期一样，孩子出生于五月十日。还是没能跟光同一天生日。

是个男孩。

看不出是像自己，还是像巧。感觉鼻子的形状随巧，双眼皮跟自己很像。

本以为出生的瞬间便会大声啼哭，光的宝宝却并非如此。出生后，即使被抱出来也是安安静静的。"没事吧？没事吧？"意识朦胧的光不住地询问。或许是经历了漫长而持续的疼痛，她已经感觉不到疼痛和辛苦，即便旁人告诉她出生了，结束了，她也没法马上做出反应。抚摸身体才终于意识到那种挤压身体的疼痛消失了，啊，生下来了。

啼哭声稍后清晰地传了过来。

或许是有段时间没见到赶来的父母和姐姐，他们看上去很平静。

虽然没有出声夸赞孩子可爱，透过新生儿监护室的玻璃看着宝宝，互相说着"个头比别的宝宝大"的父母也是一道不可思议的风景。

双亲和姐姐会直接留在广岛。等光出院，一起回枥木。

光生日时还在住院，也没人像真帆那时候那样在宿舍里帮她庆祝。只有来医院的母亲他们硬邦邦地问过她："你也生日了不是？"

你也……他们竟然会这么说。想必对母亲他们来说，光的孩子终于有了存在感。还在肚子里的时候，他们明明一直当他不存在，一旦生下来就终于正视他了吗？

她什么都没有说。母亲他们也没再跟光提生日的事情，也没有祝贺她"生日快乐"。

光生下的男孩会由神奈川县的夫妇抚养。光还未成年，所以和双亲一份份地确认着领养材料，并一一签了字。

唯独在亲权放弃书上签字的时候，她的手停了下来。

她也很清楚，即使停下也无济于事。

她立刻又攥紧拳头，像在其他材料上签字一样，签下了名字。

浅见告诉她，即将领养光的孩子的夫妇会来广岛接宝宝。

"真好啊。是对很好的父母哦。一般来说，几乎没有谁会在孩子出生后马上来接，可他们会来哦。"

出院后不再回宿舍，当日便会直接离开广岛。父母已经替光将宿舍行李打包好了。

于是，她将会在医院跟孩子告别。

领养光的孩子的夫妇已经等在医院另外的房间里了。

看到为了见最后一面而被带到房间里、不用隔着玻璃观望的宝宝，光百感交集。

裹着黄色包被、眼睛微眯、软乎乎的婴儿。浅见从床上抱起了婴儿，交到光的手上："来。"

看着软软、小小的，婴儿抱起来却很重。那样的重，是抱久了便渐渐无法承受的重，是慢慢苦上心头的重。

双亲和姐姐在身后看着怀抱婴儿的自己。

谁也没有开口。

她想，我要向他道歉。

在新生儿监护室里，其他孩子都被带到母亲身边喂母乳，这个孩子却非如此。他大抵很孤单吧，就跟他道个歉吧，她想。

隔着玻璃，在这五天里，她一遍又一遍地道歉。可如今把他抱在怀里，已经再也说不出其他想说的话了。

"可以了吗?"

不知时间过去了多久。

浅见说。

她从光的臂弯中接过婴儿。怀里空了，才真实感受到胳膊的酸痛，才意识到时间真的已经过去了很久。

浅见带走了婴儿。在另外的房间里，等着要领养那孩子的夫妇。

心情依旧复杂。

明明是我的孩子，她想。

厚颜无耻，她甚至在想。

可是，那对夫妇专程来接那个孩子。从神奈川赶来广岛。若是那样的家庭，应该会准备生日蛋糕，每年为那孩子庆祝生日吧？

"爸爸，妈妈。"

孩子离开房间后，第一次，光开了口。

"我想拜托浅见女士一件事……"

想见一见领养孩子的夫妇——向浅见表达了这样的希望。

"有时候对方夫妇会不想见面哦。"浅见说。

那也没关系。"拜托帮忙跟对方说说吧。"

在父母和姐姐入住的酒店休息室里，光一家人决定边吃饭边等着他们。

医院和光宿舍附近的酒店果然也坐落在海边，从面对着大扇窗户的座位可以看到深蓝色的大海。

不知道会不会露面的夫妇回应了光的期待，如约来了酒店。

将光的孩子稳稳抱在怀中的二人跟着浅见走来。

见面后，光首先惊讶地发现，这二人远比自己年长。

毕竟是要领养孩子的人，这也理所当然，可他们比起光，甚至可以说跟光的父母年龄相近。一直以来，在宿舍里遇到的都是二十几岁的孕妇，这给了光强烈的冲击。

可是，他们看上去很棒。

并不引人注目，可看上去很认真，那位妈妈也透着温柔。

光的孩子睡在那位妈妈的臂弯中。小嘴软软地嚅动着，眼睛却没有睁开的迹象。

到底怎么回事呢？

这孩子明明千真万确是光的孩子，可被这么抱着，这二人看上去毫无疑问就是这孩子的父亲和母亲了。

夫妇俩将孩子交给浅见，一起向自己弯腰行礼。

"谢谢你。"

从来没有大人会这样面对面地郑重跟她交谈。夫妇——孩子父亲对大吃一惊、退后一步的光说道：

"很感谢你生下这个孩子。我们接下来会承担起责任，将孩子养大。"

光一时不知如何作答。想看向夫妇，目光却总是不自觉地落在宝宝身上，总是看向浅见的手。

用力甩掉那股情绪，向二人微微行礼。

必须要道谢的，是自己。

"……谢谢你们。"

声音颤抖。

光鼓起勇气向夫妇中的母亲伸出手。握住她的手。干燥光滑的手跟自己母亲的手相似。这，是妈妈的手。

若不用力抓住那只手，根本没办法说出一个字。

"对不起。谢谢你们。这孩子就拜托你们了。"

明明有好多好多话想说，最终却只能化成这一句。其实，好希望他们能问一句，问问这孩子和自己是怎么走到这一步的。

大滴的泪水从眼中"啪嗒"直掉。

"对不起。谢谢你们。这孩子就拜托你们了。"

夫妇似乎感受到了她的心声，只是耐心地、默默地看着一直重复说着这几句话的光。一直等到她停下来。

最后，父亲掷地有声地说：

"取名叫朝斗。"

那天递出的信，原本就算不直接递，也打算交由浅见保管的。

因此，并不是为了转交信件才请二人前来的。

其实，想见的并不是夫妇，而是或许会被二人一并带来的孩子。

是不是应该再多看看在病房时最后一次拥抱、分别的那孩子的脸？浅见出门的瞬间，光便后悔了。

撒手的瞬间生出了再也回忆不出来的恐惧，于是，光希望能够再见他一次。

她甚至真的曾幻想过，再见到他，自己的父母会不会改变主意。

因为，他是那么可爱。

也许他们会说，还是带他回家吧，这是我们家的孩子。

可是，被取名为朝斗的那孩子就这样跟那对夫妇一起离开了酒店的休息室。

早就知道。

这是最佳选择，是光自己跟父母一起做出的决定。

如今已经——至少在现在这个瞬间，光不后悔。

酒店休息室外是美丽的大海。曾与从腹中出生的那孩子在这片大海的蓝色前伫立。

又一起看到了广岛这天空的颜色。

（七）

回到栃木，光的生活恢复如常。

——似乎是恢复如常了。

之所以说是"似乎"，是因为光完全不认为那是自己的生活。去广岛前自己舍下的生活。栃木的、自身的现实。日常。

那明明千真万确是光的生活，却再也不是"回来"的日常。

只要孩子生下来，就能恢复原样。

就能当做什么都未发生过。

——光不想去浅见在广岛的宿舍时母亲对她的劝说如今并没有兑现。

光早就已经失去了所谓的"原样"。

"光离开了那么久，一定很想家吧?"

回到家，母亲边将光的行李拿进玄关边道。一家人多日外出的家里冷飕飕的，透着些许的陌生和见外。

"嗯。"

"已经跟学校联系过了，说下个月可以返校。这个月你可以在家里好好休息。"

产后的身体疼痛还在继续。行走时依旧一阵阵作痛，孩子已经出生了，腹部却依旧有些微的隆起。即便已分娩，腹部也不会马上回归平坦。那边医院的医生也说过，需要慢慢恢复。

学校。听起来就像是完全迥异的新世界。

难以置信，自己离家不过区区两个月。自己在这之前每日往返于学校的生活恍如隔世，仿佛主人公并不是自己一般。

或许是觉察到了光的沉默，稍后走进玄关的父亲搭话说:"小光，不要勉强哦。"

"即便下个月不马上复学，哪怕整个学期休学，爸爸都不在意。你不要硬撑就好。"

"哎呀，她爸，你不要说些没用的话。"

母亲劈头盖脸地说道。语气中透着一丝焦虑。

"现在才五月。说什么整个学期都休学？一派胡言……如若这样，恐怕得留级吧。时不时请假也可以，还是早点回归学校的好呀。幸亏，这才是升学年的五月。"

父亲对母亲的话保持了沉默。姐姐不知所措地看着那两个人和不作声的光，一脸担心。

光沉默着走向自己的房间。

正准备踏上通往二楼的楼梯，母亲突然叫住了她："啊，光。"是要道歉吗？光转身，却听皱着眉的母亲说："你得了肺炎哦。"

"你对外要说是春假的时候得了肺炎，住了院。附近的人要问你，也要这样回答，知道了吗？"

后悔转身了。光沉默地背过脸，母亲又高声喊叫着确认："听到了吧！"

"回答我！听到了吗，光？你回答妈妈！"

光没有回应。默默回到房间的光耳中炸开了尖锐的声音："光！"

较真的母亲跟进了房间。不由分说地推开没上锁的房间门，用力拍了她的头。

"你知不知道妈妈和大家是什么心情?!"

即便被诘问，光也无法作答。妈妈睨着不回应的光。

这个人——

这个人说这些并非为了光。

只不过是为了平息情绪，想让自己点头罢了。她只是想让光点头，想确定她会恢复到自己所期望的原来的状态。

若被问到下月返校是否自己的决定，她没办法回答。

这里甚至还夹杂着一种"好不容易才……"的感觉。

因为，好不容易才分娩，把孩子送走，"恢复如初"了，不返校简直是浪费。因为，特意做了这么多，不"回去"简直就是损失。

而且，光是中学生，是个孩子，还在接受义务教育，除此没有其他活下去的方法。

可是，第一天返校，她很紧张。自前一晚开始，心里就一直七上八下的，担心大家说不定已经有所察觉，担心事情已经传开，大家会用看外星人的眼光看待光，会过于关照她的情绪。

不过，重回教室发现，同学们似乎真的没有发现光怀孕的事情。

就连关系最好的同学，光也只字未提。

"肺炎真的很痛苦啊。我妈妈也很担心你哦。"

时隔多日重返校园，面对如此慰问自己的朋友，她心中有股冲动，想将真正发生的事情和盘托出。"嗯。"她点点头，感到这些一无所知的同学们非常疏远。

这与很久之前便从姐姐身上感受到的那种情绪非常接近。

看着就读于私立女校、对男生话题不熟悉的姐姐，光心中总会生出一种"明明什么都不懂"的情绪，如今，光在班级同学身上也感受到了同样的情绪。

　　　　　　　　　　　　　　　　　晨曦将至

长时间休学所带来的特别感和违和感、拘束和新奇还没过一周，便烟消云散了。

在学校里，光的目光只搜寻着巧一人。

知晓事情全貌的只有巧，说不定巧已经跟自己的朋友说了发生在光身上的事。因此，她很想知道跟他同在篮球部的同学们的反应，甚至说得上期待。

母亲没有提过巧。

没人要求她不要交往，也没人要求她不要跟巧说话。并不是原谅了，感觉只是尴尬便刻意不提而已。

光经历了怀孕、分娩，将男孩子的话题视作禁忌、光莫名讨厌的那种氛围又在家里缓缓复苏。不能理解，可那个认真、有洁癖的家又回来了。

念及返校，光最怕的，是巧已经不在这所学校里了。

介意光的存在，或生怕会被传扬出去，巧的双亲可能会安排他转学。在广岛的那段时间里，光心里一直充满了不安，胸口简直要炸裂开来。

不过，巧并没有转学，依旧每天来学校。

即使光返校了，他也没来教室找过她。朋友曾问："话说，你休息了这么长时间，跟巧还在交往吗？"她不知道该如何回答，只是草草答道："还在交往呢。"

全校集合时看到身在不同班级的巧，光心里很痛。

手机被没收了，现在要想跟巧交谈，就只能直接找他。远远望见的巧，刘海发型、学校制服的懒散穿法都跟之前有些不同。原以为自己清楚他拥有的一切，可看到穿在学校制服下的那件橘黄色的T恤衫，她心中一片苦楚，似是被人扼住了咽喉。

自己在广岛所看到的、所听到的——我们的孩子是什么样子？那孩子现在在哪里？好希望巧能来问问自己，也觉得巧有询问的权利。

现在到了这步田地，自己的父母和巧的父母已经交恶，可光在这个时候依旧坚信自己将来会跟巧结婚，从未怀疑过。感情并未冷却，甚至可以说，共同经历了这些之后，自己根本没法想象除了巧，谁还会出现在自己今后的人生里。

即便光满十六岁，到了法定结婚年龄，同年的巧满十八岁也还要再等两年。光满心焦虑，甚至会在心中祈祷，希望时间能快点流过。

总归要花时间获得双方家长的认可，或者私奔逃出这里？——就算不是立刻马上，等稍稍再长大一些，两个人一起去见取名为朝斗的孩子似乎也不错。那时候，已经结婚的我和巧又有了孩子，带那孩子去见他，告诉他："那是哥哥哦。"……

晚上入睡时、枯燥的课堂上、上学路上骑自行车时，每当不经意想到这些，光便忍不住红了眼圈。明明没有真切地感受到悲伤，却流下了不明缘由的泪水。

重返学校大概一个月后，那种想象破灭了。

一直以为，巧肯定想跟光说话，只是身不由己。他肯定被父母和老师叮嘱了什么，心里肯定是一直对光念念不忘的。

就像之前被巧告白时一样，这次是光把巧约到了体育馆后面。是她拜托了同属篮球部的女同学。

迫不及待想要见到巧，希望他能紧紧抱住自己，摸摸自己的头，然后夸夸自己，说声"你辛苦啦"。

他会温柔地说"想跟光讲话想得心焦"吧？她急不可耐地等着他的到来。

可是，出现在体育馆后面的巧的脸上并没有出现光所期待的表情。那是一张无表情——没什么特别的脸。打个比方，那并不是光最喜欢的唯一的男朋友的脸，而是班级里随处可见的男孩子的脸。

"什么事，片仓？"

巧说。

不知他为何要这么做，可他没有叫光的名字，而是用"片仓"这个姓来称呼她。

就像是，光已经不是巧的女朋友一样。

听到他的那句"什么事"，光受到的打击难以言喻。不是问"什么事"的时候吧？难道不应该是巧有很多话要跟光倾诉，有很多事要问吗？

惊诧之余，发现巧的态度是那样不以为然、光明正大，光心里只剩下了焦躁，开始变得语无伦次。

"没什么。就想看看你还好吗。"

跟真正想说的话风马牛不相及，从未想过的话就这样从光的口中蹦了出来。

巧听后微微笑了："什么啊。"

分别多日后近距离看到的巧，变化并没有远观时那么大。看到他的笑容，光心里先稍稍松了口气："嗯。"

明明自己没有错，却无法清楚表达心意。为了讨巧的欢心而做出那副样子，反而让她很懊恼。

巧第一次认真看了看光。

"不错啊。片仓，你看上去精神不错啊。"

"真是鸡飞狗跳呢。——我们的孩子哦。"

"嗯。"

光话还没说完，巧便匆匆点了点头，继续道："能顺利解决真好啊。"

语气中的冷淡让光瞬间失去了倾诉欲。

光默默看向巧，巧也是一脸诧异地看着光。

"我听说了，说是要去远点的医院，把孩子拿掉。对不起啊，我终究还是伤害了光。没能保护你。"

光忘记了眨眼。

圆睁的眼球表面一瞬间干涸了。光无言凝视着巧。

巧继续说道：

"哥哥也跟我说过，流产的话，女性要承受身体上的疼痛，男性虽然不用经历这些，但精神上的痛楚却是更胜一筹哦。我也曾无数次自责，觉得自己不配为人。我根本没有资格陪在你身边啊。"

虽然我好喜欢好喜欢你，巧说。

巧移开了视线。侧颜的脸颊染上了红色，眼中涌出了泪水。

"我伤害了片仓你，真的很难受。我最喜欢你了……"

"你是想分手吗？"

光发出了连自己都吓一跳的冰冷的声音。

根本没办法相信，这个声音来自直到刚才还小鹿乱撞地等着巧到来的同一个自己。

巧惊讶地看着光。看到光面无表情，眼中没有泪水，巧眼中的泪水也渐渐收了回去。"想要分手吗？"她急着追问。

"我没有资格做决定。只是，我觉得片仓你值得更好的人……"

"是吗？"

胸口一阵阵地抽痛，感觉心脏在一点点失去活力。

——这真的是巧吗？光想。

这个人是自己在广岛时那么思念的巧吗？

真是幼稚到令人吃惊。

此刻并不是光追问是不是想分手的阶段。没有资格的人是光。只有光去了遥远的地方，将这个人远远抛到了身后。巧的日常生活依旧在这里，停滞在这狭窄的体育馆后和学校里。

在巧心里，光也已经是分手了、结束了的女朋友。

不清楚巧的父母和自己的父母到底说了什么，达成了什么样的共识。或许，自己的父母根本就没跟巧的父母提过将那孩子送去做养子的事情。

即便说过，至少巧的父母并没有告诉巧。恐怕只是告诉他，腹中胎儿想办法顺利处理了。

巧想必也松了口气吧。因此，他肯定没再继续追问。腹中胎儿过了可以流产的时期，要善后根本就不是易事，他明明能够想象到，可这个人恐怕那时就不再放在心上了。

毕竟，对巧来说，自己的孩子在某个地方出生，存在着，便是"伤害"。或许巧的父母也因此决定瞒着儿子。

光心中的一部分发出了悲鸣般的声音："告诉他又如何？"

可另一方面，光心中的大部分却在想："就算死掉也不会告诉他。"这个人，这个只有幼稚的价值观的人，我绝对不要告诉他任何关于那孩子的事情。

在广岛看到的大海和天空的颜色。地面电车奔驰的道路。被浅见和心美那些大人们围绕着的时光。出生的那个孩子的娇小和温暖。想蹭蹭孩子的脸却未能实现的遗憾。

这个人没有知道这些的资格。

"算了吧。"

光说。

声音中没有丝毫犹豫。

或许他以为光会更加无措，会哭泣，会生气。不习惯被冷淡对待的巧似是很吃惊，继续说道："我是觉得对不起你……"

光打断了他的话。

"所以，我说算了。"

再也不想听借口。在这个人的心里，让光怀孕这件事大概成了他跟其他人吹嘘的英勇事迹或趣闻。"曾发生过这种事情。"——是迟早有一天，会跟什么人或新女朋友提起的回忆。从未想过，自己竟然会被当成这样的存在。一想到"新女朋友"，光的心又跟意志相悖，碎成了一片又一片。

可是，这对光来说，并不是什么回忆。

已经回不去的那些才是日常。

明明已经称呼光为"片仓"，却在光要离开时挽留地说着："对不起啊，光。"他切切实实地相信，自己才是那个需要被温柔以待的人。他那撒娇的声音说明了一切。

随后不久，巧交了新女朋友。

他有没有跟她提过光，便不得而知了。

（八）

在那之后，光跟双亲，尤其是母亲也会时不时起冲突。

最激烈的一次冲突，发生在去外公外婆家的时候。正月里去妈妈那边的祖父母家聚会是每年的保留项目，妈妈的兄弟，即舅舅舅妈，以及表姐妹们都会来。

光和姐姐跟表姐妹们的关系并不怎么融洽。虽然年龄相仿，但大家都在县里不同的学校念书，平时也没什么机会见面。

每年如尽义务般凑在一起的聚会。光在大人们家长里短的闲聊中，一边在心里默默念着"能不能早点结束"，一边独坐在窗边注视着窗外。

表姐妹中也有关系好、聊在一起的，可光只是一个人坐在那里。身边的姐姐在摆弄手机。

去厕所的舅舅——妈妈的弟弟将视线落在了这对姐妹身上。看到光无所事事地看着窗外，他走过来搭话：

"光，你受苦了啊。"

毫无分寸的搭讪。听到这仿佛生怕被周围的大人察觉而做了最低限度的掩饰的低语，光背上一阵冰凉。

全身瞬间起了鸡皮疙瘩。

她吃惊地抬起脸，看到舅舅——在笑。

一副大人做派，看似温柔的做作表情。在近处的姐姐似乎也听到了声音，跟光一样瞪大了眼睛看着舅舅。

他说：

"吃了哑巴亏呀。"

平时明明从未有过此种举动的他，此时却抬手搭上了光的肩膀。

瞬间，周围的声音消失了。

光站起身，挥开了舅舅的手。一巴掌打在了他脸上。

舅舅惊得表情僵住，身体失去了平衡。凭光那弱小的力量，这已经是极限了。舅舅身体后仰，脚下狠狠踩住榻榻米。"你干什么?!"舅舅怒吼。

同时，母亲也喊出声来："光!"其他大人们纷纷聚拢到身边。

令人厌恶的舅舅。

一直以来，他不过就是个大人，却总是对着所有亲戚家的孩子自以为是地训话。这个人看到母亲因为姐姐要参加私立中学的考试而紧张，会嘲笑她说："不小心学习成绩好了点，家长也变得贪心不足，真是累够呛吧。"尽管如此，对就读于公立学校的自家孩子，他却逢人便提社团活动或测试成绩，动不动就自卖自夸。

他总是笑得很粗鲁，也很令人讨厌。

以前，在母亲节前夕见面时——明明跟姐姐两个人偷偷计划着要送妈妈礼物——这个人会当着母亲的面说："母亲节不准备礼物吗? 一般来说，就算不催促，你们自己也要好好感谢父母的呀。"如此缺心眼儿，导致她们的计划泡汤。

这个舅舅就是这样的人。

即便被人拖到走廊，远离了舅舅，光还是胡乱地伸着手。好想打舅舅。不可原谅。

"光，住手! 你冷静点!"

被发出刺耳喊叫声的母亲抓着手臂，光忽然就意识到了，原来如此。

我也想打这个人。

可是，对着母亲抬起的手被父亲制止了："光!"这回，勃然大怒的母亲反而狠狠拍了她的脑袋："这个……"手上还拿着手机的姐姐一脸泫然欲泣的表情，喊着："光她没有错啊！"

"刚才是舅舅不对啊。"她拼命抓着母亲的手臂。

光没法打人，便继而喊道：

"你跟舅舅说了？"

母亲跟舅舅说了怀孕的事情吗？

最讨厌的嘴碎的舅舅也跟自己家的孩子——光的表姐妹说了吗？跟他的妻子——光的舅妈也说了吗？一想到他们在家里到底怎么把她当成谈资，用什么话来评价她，她就无法忍受。总之一句话，光不愿他们讨论自己。

在其他房间里的表姐妹们都知道了吗？

其他的舅舅、舅妈呢？外公、外婆呢？

在光视线的角落，皱着一张脸的外婆担心地看着自己。看到这里，她明白了。

不知道是什么时候。

可是，妈妈说了。

"都是亲戚，理所当然吧！"

妈妈说。光不能理解。头发散乱的母亲情绪激动地继续说道：

"没什么好生气的吧？是你自己闯的祸。"

聚在一起的亲戚齐齐看向这边。每个人脸上都是一副担心的表情，可实际上并非如此。一眼就能看出来。

如果表姐妹中有谁处于自己现在的立场上，光肯定自己不会担心对方。

"究竟怎么回事？明明在担心你。"

喘着粗气一脸愤慨的舅舅说。

一想起刚才那个装好人的声音，光不禁作呕。他明明什么都不知道。

明明对光的事情完全不了解。

"骗人！明明一点儿也不在意！"

若能更加贴切地表达光心中那巨大的异样感和不可原谅的心情就好了，可为何只能说出这样的话？光心中充满了后悔、焦急。

在广岛的宿舍，有很多事情因为太重要，反而不要说出口为妙。周围的人也纷纷觉得这样就好。

可是，为什么在这里，就一定要如此露骨，一定要和盘托出？

就凭他们是大人，就凭自己是外甥女，就一定要被动接受这些话吗？

从其他房间走出来的舅舅家的女儿们——光的表姐妹们冷冰冰地问舅舅："怎么了？"脸上浮出的不耐烦的表情并非光的被害妄想。

光也很讨厌这些表姐妹。

以前来光家里的时候，看到客厅里的电脑，姐姐和妹妹相视而笑，轻哼一声道："不是 Mac 啊。"

即便如此，母亲总要求她们跟关系并不和睦的表姐妹们"搞好关系""一起玩"。哪怕说了合不来，母亲们似乎只因年龄相仿，因为是亲戚，就坚信：只要聚在一起就可以变得亲近。

这些表姐妹们听说了光的事，知道了光的事。

她们一定会对她大加嘲讽。就如舅舅刚才说的那样，她们觉得光"吃了哑巴亏"。被人这么想，哪怕只有短短几分钟，光也无法忍受。

父母费尽千辛万苦对学校和邻居隐瞒真相，可为什么仅仅因为是亲戚就跟舅舅他们坦白？

"大家都在担心你啊，你在干什么啊！"

母亲说。即使是那样的舅舅，也是母亲的弟弟。

光切身感受到的瞬间，一股寒气又爬上了脊背。

家人，究竟是什么？

心被重重地锤了一下。

家人、亲戚，究竟是什么？

我要熬到什么时候才能不再做这些人的家人或亲戚？我要做这位母亲的女儿到何时？

仅凭一句"担心你"，所有的一切就应该被原谅吗？

那股冲动强烈得要冲破胸口。

父母终于放开了疲惫不堪、已经停止扭动的光的手臂。被紧紧抓过的地方留下了浅浅的淤青。

后来，她从姐姐那里听说，表姐妹们说"好意外"。

似乎是最讨厌的舅舅家的女儿们听说光怀孕之后说的话。

"好意外。本以为小光是个普通女孩子呢。"

普通女孩子——不知道到底要如何正确理解字面背后的意思。

不可思议的是，这句话本身并没有让她生出过多的怒气。自己已经不"普通"了吗？她完全没有被击垮，反而在这个时候，光一个人默默在心中肯定了这句话："是啊。"

竟然觉得自己也会一直生活在舅舅和母亲所认定的"普通"的世界？那才令人更加毛骨悚然。光彻底脱离了这个世界，她自由了。

中学三年级的九月有修学旅行。

"都快要考试了，那所学校没必要安排在秋天的。明明大都在春天啊。"母亲喋喋不休地批判着秋天里的修学旅行。——初春，是女儿去广岛待产的时候。若修学旅行安排在初春，光大概就去不了了。即便如此，一脸坦然地这么说的母亲依旧令人无法理解。

目的地是京都和奈良。

在京都以班为单位自由活动时，光走进了河边的一条繁华街，到了一处闪着粉色和黄色的耀眼荧光色的场所。还是白天，霓虹灯并未点亮，却依然华丽得令人不敢直视。

花里胡哨又稍有些古旧质感的招牌上写着大量色情的文字，在踏入此地的瞬间便了然，这是所谓的"风俗街"。

学校发的京都徒步地图上画着寺院或土特产商店，但这条街上却没做任何标记。行前的课堂上，老师们也只是要求"不要跟其他学校的学生发生冲突，不要接近可疑的街道"，根本没多说别的什么。

不过是稍稍远离了满是观光客的场所，竟然就是这种地方，真不可思议。

浏览张贴着大量漂亮女人照片的招牌时，毫无征兆地，光的心口紧紧揪了起来。

长相并不相似，可那化妆的方式、整体的感觉，跟那段时期一起生活过的心美和真帆很像。

"啊，走错路了。"

担任班长的女生说着，催促男生和自己赶紧离开："走吧。"她极力让语气显得满不在乎，可企图掩饰尴尬和焦虑的心情暴露无遗。

男生们大概也很介意，只是"啊啊""哦哦"说了几声，便马上从那条街退了出去。

追着没化妆、穿制服的女孩子和无言的男孩子，光想："自己到底在做什么？"

跟这帮孩子一起做这些事情，到底能得到什么？

并非看不起同龄的他们，并非觉得他们愚蠢，她心情非常平静。只有单纯的违和感。只有因"她们和自己如今在同一处"而感到的难以压抑的违和感。

（九）

光再次踏上广岛，是在十七岁的时候。

她离家出走了。

遵从父母和学校的建议参加了中考，光考入了家附近的某公立高中。光对此没有不满，可对母亲来说，这似乎又是一场"失败"。

母亲建议她参加姐姐就读的尾野矢的转学考试，以及其他私立高中的入学考试，光都没能考上。光自己也觉得根本不可能考得上。

说光考中学时并不是抽签运不佳，而是因为成绩不够而落榜的，不正是眼前的母亲吗？一脸失望的母亲在中考时也说出了"果然啊"。

若是早已料到，就没必要表现出失望吧？可母亲还是责备光说："果然啊。妈妈早就觉得可能要落榜。"

姐姐没有上本地的尾野矢女子大学，而是考取了大阪的大学，在光成为高一新生的那年离开了家。她会频繁跟家里通电话，母亲也很担心一个人生活的姐姐，为她操碎了心，可随着姐姐习惯了那边的生活，只有父母和光的家逐渐变得令人窒息。

"姐姐在大学里可不要谈男朋友哦。"

母亲在饭桌上说过这种话，光也感觉厌烦。到了年纪却没有那种经历的人生很枯燥，明知如此却依旧冷漠地说出这种话，是因为光的事情给她留下了痛苦的回忆吗？而父亲回应说："没关系的。姐姐也不是那种孩子。"他的想法也让人摸不透。

这些人是如何看待"人生的真髓"的呢？

如母亲他们所期望的，走过品行端正、纯洁无瑕的青春时代，自己所期待的幸福人生便会毫不犹豫地铺展开来吗？与恋爱无缘、枯燥无味的青春才是"失败"吧？

　　那时候，母亲他们透过光，看到的是另外一个光。

　　那是，"没有失败"的光。

　　在中学时代没有经历怀孕和生育的"没有失败"的光。没有跟男孩子交往，如他们所愿茁壮成长，这次中考终于考进尾野矢的，他们所期望的光——不论是否存在，早已经生活在父母的心中。

　　正因是已然失去的可能性，那个光在他们心中是不会辜负他们任何期待的好孩子。就像是在细数着死去孩子的年岁，他们透过现实中的光对那可能性甘之如饴："若是那个孩子，现在的话……"相较于现实中的光，他们更爱那个想象中的孩子。

　　考入高中不久，光又有了男朋友。

　　被告白、迷迷糊糊开始交往的他跟巧不同，光已经不觉得他是命定之人了。

　　会做爱。

　　也会做好避孕措施。可是，某一天，不知为何，与男朋友交往的事情被父母发现了。

　　他们并没有露骨地反对。

　　只是，即使在这个时候，母亲还是一副好家长的模样："妈妈相信你哦。"别说什么避孕了，做爱这件事在母亲心中也是不可能发生的吧?

光染了头发,被母亲数落:"你成不良少女了。""到底怎么了?"就像自己已经堕落到不可救药一般。学会了吸烟,满身烟味回家时,也是被那句"真丢人"死死扼住了咽喉。

"你快说以后不会这样了。在爸爸妈妈面前,认真起誓。"

母亲依旧不是为了光才做这些事。

她只是不想为发生在光身上的事情承担责任。她不愿意相信,未能如自己所愿成长起来的女儿是因为自己的教育方法不对而沦落到这个地步,她只是希望能够抹去这一切。

光去广岛之前跟交往的男朋友分了手。

他的触碰很舒服,光能意识到男人并不只有巧一个人让她高兴,可在她的心里,交往后想马上把一切捧到对方面前,即便这样也无怨无悔的纯粹已经一丝都不剩了。

"光哪怕跟我在一起的时候,也总是心不在焉的,不知道是不是真的喜欢我。"

像女孩一样直哭的他最后留下了这句话。

学校成绩也不怎么好,在外公外婆家与舅舅发生冲突后,光便再也没有参加过亲戚聚会。父母也觉得无可奈何。

所以,离家出走并不是跟父母吵架或一时冲动所做的决定,而是光在心中极其冷静地制订好的计划。

总有一天,一定要再去广岛看看。

起初,那只是一种淡淡的怀旧的情绪,想要再去那里看看,去那个地方看看。

在居住的城镇上的快餐店里打工攒钱，然后时不时从父亲或母亲的钱包里拿钱。

专挑钱包里有很多钱的时候，不被发现的程度，一点一点地攒钱。应该没有露馅，可从某天开始，父亲和母亲便突然不再将包或钱包放在客厅等光也会在的地方了。

恐怕是暴露了。思及此，光当天便瞒着父母离家出走了。

上一次孤身一人满怀忐忑、无比寂寞的广岛之行，这次重走却是逃出生天的心情。

乘新干线在广岛站下车，换乘地面电车。奔驰在路上的电车让她无比怜爱。

晴天下耀眼的大海的蓝色扑进眼帘的瞬间，泪水甚至要夺眶而出。那之后，已经过去了两年。

虽然只有区区两年，自己已经不再是中学生了。

义务教育结束了，同龄人中甚至已经有人不再继续上学。许是因为染了头发，如今看上去像个大人，在工作日的白天乘坐电车也没什么好害怕的。

有种感觉，战战兢兢、浑身发抖地跟浅见一起乘坐电车的那时候的自己似乎就坐在身边，就坐在同一节车厢里。

如果能遇到那孩子，真想跟她说说话。

想要告诉她，不用这么害怕哦。没有人会特别留意到你哦。

因为没有事先联系，光到达的时候，浅见不在。

可是，自己生活过的、如社区般的宿舍依旧矗立在那里。用作 Baby Baton 办公室的浅见的房间也是原来的样子。

挺着大肚子的孕妇们略显诧异地看着光，说："浅见女士傍晚会回来。"

她们房间的窗边晾晒的衣物在随风晃动。有宽松的连衣裙、印有卡通图案的 T 恤衫、枕套。

鼻端是酱油烧焦的气味。

"是这样啊？"光应了一声，决定在附近散散步等着浅见傍晚时分回来。

那座小小山丘上的宿舍，仔细观察会发现，墙壁上的裂痕比那时多了很多，窗玻璃的颜色看上去很模糊。不过，是岁月无情，还是时隔两年故地重游给了光这样的感受，这就不得而知了。

很显然，光入住时候的孕妇都已经离开了。这里是为有需要的其他人所准备的家，已经不是光该逗留的地方。被不明真相的孕妇一脸讶异地盯着看，当然会觉得尴尬，丢脸。

即便如此，光依然无比怀念这里。

到了傍晚，回来的浅见看到来访的光，非常惊讶。

她照顾过那么多孕妇，却还是一眼便认出了光。已经做好了即便名字被忘记也不要受伤的心理建设，可她一看到自己马上脱口而出的"小光！"让她的眼角瞬间渗出了泪。

"请让我在这里工作吧。"

光说。

见到浅见之前，只是想再来这里看看，然后马上回枥木。

可是，一旦见到她，便不想离开了。

"我什么都可以做。扫地、洗衣、做饭，真的，什么都可以。只要教我，我全都能学会。拜托了。请让我在这里工作。"

浅见语塞。

"拜托了。"

光低下头，不断重复着。紧闭的眼睛很痛，额头上浮出了汗水。

不想回去。

不想回到那对父母的身边，不想回学校。

"小光。"

浅见说。她那冰凉的、布满皱纹的手搭在了光的手上。她的手干燥、粗糙。

"怎么了，小光？就算你这么说，我这里也没什么工作哦。很抱歉，我现在没能力雇你。"

"那，我不需要钱。"

她不禁说了出来。

心里很清楚。住进这里的每个人都是自己的事情自己做。或许并没有需要光帮忙的事情。

即便如此，光依旧希望能够留在这里。

"小光。"

光一直不起身，浅见摸着她的头，叹息道：

"——我一直记挂着你的事情。"

光听闻，默默咬牙，拼命忍着不让泪水滑出眼眶。

听了光的事情之后，浅见表示要先跟她家里联系一下。

家人肯定会担心，连续几日不回家的话也会报警。擅自把光留在这儿，浅见也会被怀疑诱拐了光。

实在不愿意主动联系家里，浅见提议"要不要替她联系一下"。

光也请求她，即使不能在这儿工作，至少让自己在这里待几天。无论如何都不想马上回去。

浅见给家里去了电话。通电话时，光就低着头坐在旁边。跟浅见通过电话之后，母亲肯定会要求"让女儿接电话"。光接过电话后，母亲肯定会劝说她赶紧回去。光暗暗下了决心，即使真到了这一步也绝不退让。可令人意外的是，浅见和母亲的电话草草结束了，没有一方表现出激动的样子。

浅见放下电话的瞬间，光以一种不可思议的心情看着她，听浅见说："你妈妈认可了哦。"

"说要你时时跟她联系。也慎重把你拜托给我了。"

"……是嘛。"

这种事不可能发生在自己父母身上。

可是，这样啊。她了解了。

光被这个家赶出来了。父亲和母亲恐怕早已为自己的事情精疲力尽了。

两年前还是中学生时无论如何也不太可能被接受的观念，缓缓地、一点一点地被父母以"放弃"的形式赋予了光。

虽说并不是"正式雇用"的形式，那之后不久，作为收留的回报，光开始帮忙处理宿舍的事务。

目前入住的孕妇中有人身体垮了，所以她先被安排帮助那人做家务。浅见介绍光是"熟人家的孩子"，并没有挑明她是之前住在这儿、重返故地的孕妇。也许是怕有其他人如法炮制。光回到这里恐怕真的是非常特殊的案例。

两年前，住在同一房间的心美最后离开这里时曾说："我会努力不要再回到这里。"

光也从未想过，自己会以这种形式回到这里。

帮忙期间，浅见告诉她："你要好好考虑下今后的事哦。"

"毕竟不能一直让你留在这里。是回家，还是自立工作，必须好好考虑清楚。"

"……嗯。"

其实，很想一直留在这里，可大概是不可以的吧？浅见所用的"自立"这个词语让她不禁瑟缩。浅见继续说道："其实——"

"其实，Baby Baton 明年就要结束业务了。"

光惊讶得睁大了眼睛。浅见继续黯然说道：

"这座公寓设施老化，已经确定会被拆除。一直以来，房东都以极低的价格出租给我，可这也不能继续了。……很难找到同样的地方，我也上了年纪，必须照看父母。这项事业我准备请其他团体接手。"

浅见的语气很沉重，听得出浓浓的遗憾。光不情愿地感受到，对浅见来说，这也是一个痛苦的决定。

"真的很遗憾，可没有办法。所以，不能让小光一直留在这里。"

"我明白了。"

光嘴上应着，心里却依旧乱成一团麻。

绝对绝对不希望这个地方就此消失，浅见肯定比自己更不愿看到这一天。

今后该怎么办？——光内心不禁忐忑，可现在跟入住的孕妇们慢慢打成一片，帮她们做那些琐碎的事情也很快乐。"虽然会被浅见女士骂，但你能帮我去车站那边买块蛋糕吗？"——也有被医生要求控制体重的胖胖的孕妇递过来千元纸钞，自己笑着做她帮凶的趣事。

在她房间里偷偷吃的巧克力蛋糕太好吃了。中途好像还胎动了。"要摸摸看吗？"看着眼前的肚子，光拒绝了："不了。"

曾经，自己也是孕妇，所以懂的。

希望谁能摸摸看，可是别人随便抚摸也不可以的心情，光记得清清楚楚。

浅见非常忙碌，不仅要处理宿舍的事务，还要奔波于领养孩子的养父母那边、医院等各种场所，经常会连续几日不在宿舍。站在不同于自己还只是被她挂念的孕妇时的立场上，光也会看到很多能感同身受的辛苦。

有一天，浅见外出，宅急便的货物送达，睡在隔壁房间的光代她签收了。宅急便的业务员似乎也将这栋公寓看成了一个大家庭。

浅见的房间并没有上锁。

孕妇们经常会去她房间随意借一些自己房间里短缺的调味料或洗涤剂。

光把货物搬进房间时，发现浅见的房间跟平时稍有些不同。

房间里放着很多全新的瓦楞纸箱，全都敞开着，里面放着大量资料夹、文件和书籍。旁边还放着大量收纳好的其他文件。

Baby Baton 要关掉，是真的。

她曾说过要转交给其他团体，整理工作已经开始了。看到这些，光的心里感受到了微微的压迫感。

——这时，她向着书架迈出的那一步，只能说着魔了。

不过是一时鬼迷心窍，并无其他深层的意思。

光只是想着，如果有的话，想看看跟自己有关的文件。

自己留在这里的那段时间。不久之后这个地方若真要整个儿都消失，想在这之前看看自己留下的痕迹。只是出于这样的心情。

并非想知道些什么，只是想要找到自己曾经在这里的痕迹。只要能在文件上看到自己的名字"片仓光"，那就足够了。

光马上找到了写着来时那年年份的文件夹。

它被收在了瓦楞纸箱的深处。

心扑通扑通直跳，她打开了文件夹。还没找到自己的名字，那个名字已经跳进了眼帘。

栗原朝斗。

听过这个名字。

眼睛逐一确认着名字的汉字，身体突然便被怦怦心跳的鼓动声所贯穿。旁边写着光的名字。

还有一对不认识的夫妇的名字。

栗原清和、佐都子。

神奈川县川崎市中原区。

CULTURE PARKS 武藏小杉 3411。

出现了住址和电话号码。

她马上就意识到，这个"3411"应该是房间号。这个数字让她感到眩晕。

3411。这大概意味着位于高层住宅的房间。恐怕是 34 楼，是光无法想象的高度。

那个孩子，在那个房子里。

没有深层的涵义，也毫无恶意。应该是没有的。可是，光的大脑记住了那个数字。武藏小杉的区域编号、公寓的名称、3411 这个数字。电话号码。

拼命牢牢记住，回到自己房间写在纸上。

并非要用在什么地方。心中暗暗思忖，就算知道了又能如何呢？却还是拿着写好的便条再次回到浅见的房间，确认便条上的数字是否有误。仔细将文件夹放回原处，逃也似的回到了房间。

心怦怦跳个不停。

脑仁一跳跳地发麻。

展开手中被汗水浸湿的便条。展开，凝视。

那个孩子，在这个地方。

朝斗在这里。

（十）

光离开 Baby Baton 的宿舍，是在团体全面终止运营稍早些
时候。

寄住在宿舍，已经过了大概十个月。

光刚来那会儿，还有孕妇们交替入住，可渐渐地，再没有新
人入住，结束分娩的孕妇们一个又一个离开宿舍，人数一直在减
少。浅见似乎将后续前来咨询的孕妇们介绍给了别的团体。

即便如此，光希望至少可以坚守至自己帮忙照顾的孕妇们都
离开。希望如此，却不被允许。

"小光，你是回家，还是自立？"

浅见问起时，一并带来了为光介绍的工作。

那是广岛市内某报纸发行点的配送员工作。据说是浅见的朋
友经营的店。"这里的话，希望能从这个月开始工作。"

"本来应该帮你多找找其他的工作，可是提供住宿的工作怎么
也找不到……"

大概如浅见所说，她恐怕是真的很担心光的今后，去问了自己的朋友，帮她找工作吧。其中，好不容易找到的一个，便是这份配送报纸的工作。

——事实上，心里曾有过小小的期待，说不定她会介绍自己去接手 Baby Baton 事务的其他团体呢？一想到要在陌生的地方从事跟浅见和 Baby Baton 完全没有关系的工作，突然就变得不安起来。

因为我连高中都没能好好毕业，所以能介绍的工作很少吗？——话到嘴边却没能说出口。浅见没有任何错。明明是自己选择来这里，却要怨恨为自己多方操心的她，这实在不合情理。

光心里明白，却仍觉得自己这次也被浅见放弃了，不禁心痛不已。

"你想怎么做，小光？——你要不要先回趟家，跟你爸爸妈妈一起，好好考虑一下接下来要怎么办、想做什么？"

即使话语中满满的担心，浅见也绝不会说出"在这栋房子被拆除前可以一直住在宿舍里"这种幼稚的话。面对严守底线的她，光不禁任性地冲口而出。

"——我要工作。留在广岛。"

完全没起过回父母身边的念头。

"接下来要怎么办、想做什么？"光也不知道。只是，如果见到那两个人，不管他们说什么，自己大概都会不论青红皂白就反抗吧？对他们唯命是从，还是事事反抗逆其道而行，无论如何选择，有一点是不会变的，那就是她会受到他们的影响。

如今生活在远离他们的地方，才能做到冷静思考。如果回到栃木跟父母生活在一起，恐怕又会失去理智，激烈地去憎恨这些人，跟他们起冲突。这很容易想象。

似乎并未想到光会这样回答。沉默了一瞬后，浅见马上点头道："了解了。"

"可即便如此，也一定要跟父母联系哦。自己好好跟他们谈谈。有必要的话，我也会陪你一起打电话。总之，你先答应我这一条。可以吗？"

"好的。"

光回道，毫不犹豫。

给父母打电话？当然不会。

一头栽进去的配送报纸的工作非常艰苦。

清早，在太阳还没升起的时间醒来，拆开用绳子捆好的报纸，将厚厚的广告页一张张塞进去。尤其是每个星期六，广告特别多，堆放在配送车车筐里的报纸重量因日子不同也有很大的参差。

工作第一天便瞠目结舌——在栃木时，不声不响配送到家里的报纸原来是有人每天早上这样多年如一日地辛苦送来的吗？多少能理解这是赶早的工作，可并不知道要一个人如此这般送到千家万户。

也有很多时候，需要送到没有电梯、没有综合邮箱的古旧住宅楼的最高层。不管多么细心留意，每天早上也都会有遗漏人家或报纸种类投递错误的情况发生。

每当接到投诉，店长夫妇便会臭着脸训斥。并不是没教过工作要领，可一旦光忘记之前教的内容进退两难，还没等她开口请教，他们便会问"接下来要怎么做来着？"，故意一个劲儿地追问，语气中满是讥讽。

下雨的话会更加辛苦。

报纸除了偶尔的休刊日之外，每天都会发行。配送当然也是天天如此。令人目不暇接的早报和晚报。算上每周一次的休息和休刊日，每月大概只有五天假期。

毕竟吃了很多苦，光无条件地坚信：自己一定会成为能干的人。事实上，被 Baby Baton 收留的日子里也是如此。一直坚信会成为在电视剧和书本的世界里看到的真正能干的人，现实却没有那么一帆风顺。光切身感受到，大家并不是想偷懒才偷懒的。工作是非常残酷的。她第一次意识到，即使秉持认真的态度，也有很多无法忍受的事情，所以才没办法做到。能干的人和偷懒的人，并非能够简单一分为二的。

报纸发行点里也有很多同事。看到年纪大到已经接近爷爷的员工被远比自己年轻的店长劈头盖脸臭骂"你真是没用！"时，光就坐立不安。

其中，也有跟光年纪相近的学生，即所谓的"新闻奖学生"，是领取报社提供奖学金，因此相应地，跟光一样住在店里做报纸配送工作的学生。

跟光住在同一间宿舍的很多人也是领取奖学金的学生。尤其是女性配送员基本都是如此。

有在四年制大学就读的大学生，也有学习服装的专科学校的学生。说是家境艰难，做这份工作是为了帮父母分忧。

听着这些事，光也暧昧地微笑，一副自己也处在同样立场的表情。

这不过是权宜之计，幸好没有露馅。即便露馅，这种无伤大雅的谎言也不会有人在意。因为，这类领取奖学金的学生几乎没有人会在这里长久工作下去。

在原本就忙得人仰马翻的早报和晚报的配送间隙，还要学习，去学校——如果没有坚强的意志是很难的。

有在升学过程中放弃的人，也有人决定配送报纸的工作就做到当年年底，剩下的学费由父母想办法筹措。千人千面。

从事配送报纸的工作中，让人感觉很难过的，是一直在一起工作，以为是朋友的人自某天开始无故缺勤，突然辞职消失。这种事情时有发生。

女性，不是领取奖学金的学生却做着这份工作的，在光的店里只有她自己。

有一次，有位年长男性跟光告白，可即便光回应说"可以交往看看"，还没过一个星期，那人便默默辞掉了这里的工作。

明明才偷偷在光的房间里紧紧拥抱过。这难道不是自己被单方面抛弃了吗？

话虽如此，他并非未成年，也不是领取奖学金的学生，也只是匆匆跟店长打了个招呼，谁也不知道他去了哪里。

跟个笨蛋一样。

自己比任何人都要蠢。

"好可爱！""你知道吗，这里的大部分男性同事都喜欢你。""啊——只有我可以跟光做这种事。要是被人知道了，我要被前辈们杀掉的。"

这些话让人心情愉悦，她后悔因此敞开了心扉。如果在一起时间久了，也许能够跟他坦白一切，坦白自己为何来广岛，究竟遇到了什么事情。感觉他会乐意倾听。并不是因为成功交到男朋友，而是有这种预感。这种感觉让她心生喜悦，内心涨得满满的——哪怕只有一瞬，而这让自己像个蠢货。

报纸的工作除了配送早报和晚报，还要见缝插针去收款和推销。

尤其是推销，若能够签到新合同，直接关系到自己的奖金。因此，一旦签到一个新合同，那临时收入着实令人心荡神驰，禁不住会畅想下一次的签约。——实际上这很难，去陌生人家中收款和推销过程中，令人提心吊胆的情况也很多。

只穿着一条平角裤应门的中年男性会毫不顾忌地看着自己，说："咦？也有女孩子会来啊。"有其他男性会在她收取纸币的时候，打量着她的胸部和腰部，意味深长地搭讪，用湿乎乎的手黏糊糊地拂过掌心。被露骨地询问电话号码，邀请她进屋的情况也时有发生。

不知道大家究竟会认真做什么、认真到什么地步，可是面临同事辞职内心不安时，光总会情不自禁地陷入某种思绪——这些来跟自己搭讪的人中，会不会至少有那么一个人会认真为光考虑？自己的命定之人会不会就混在这些人之中？而她并不喜欢这样的想法。

大概三个月后，浅见发现她并没有联系父母。是光的父母联系了她。

"小光，我们明明几次三番约好的。"

直接来店里的浅见满脸通红。光很高兴她挂念着自己，可又觉得很烦。在当场拨通的电话那头，光的母亲什么都没说。只有哭声。

这个人又在觉得自己的女儿是"失败品""残次品"了吧？

听到她缓舒了一口气，光不禁绷紧了身体准备听她的训话。可是，母亲却是这样说的：

"你，还好吗？"

声音因哭泣而嘶哑。

听到这声音，鼻腔条件反射般钝痛。瞬间有了种心碎的感觉。

"还好。"

回了这一句，便挂断了电话。

浅见还陪在身边。光默默地还回手机，低下了头，不想让她看到自己落泪的样子。

　　这之后不久，姐姐来了。

　　那时，光正好在做晚报配送的准备工作。

　　正在将报纸搬上自行车，突然听见有人轻唤："光。"

　　站在店前路旁看向这边的姐姐，穿着焦糖色的格子超短裙和能够高雅地展现她身体线条的紧身针织衫。一直留到高中时代的长发剪成了轻巧的波波头，迄今未留意到的脸型的小巧和头型的优美非常显眼。

　　一见惊心。这一身装扮明显要比自己记忆中的姐姐干练。一眼就认出了姐姐，可记忆中的那张脸化了妆后略显成熟的印象相较于全然陌生的脸，带来了更为强烈的违和感。

　　是离开父母在大阪的大学生活让姐姐改变至此吧？站在那里的，不是自己所了解的天真、土气的那个姐姐。姐姐现在应该是大学三年级的学生。

　　光穿着印有店 logo 的红色连帽外套。不透气的廉价布料制成的连帽外套在配送报纸时很方便，却是跟时尚风马牛不相及的衣服。明明不穿的日子居多，可为什么偏偏在今天穿出来了呢？懊悔。

　　"那个……"

　　面对看到自己也只是一脸迟钝的妹妹，姐姐并没有表现出生气或遗憾。

"能聊会儿吗？"

"我现在要去配送报纸。"

"那我等你。"

"大概什么时候能回来？抱歉啊，打扰你工作了。"

光垂下了脸。还是学生的姐姐口中的"工作"听起来格外虚无。

结果，工作结束后，还是跟姐姐碰了面，一起在附近的家庭餐厅吃了饭。

她今天来这里是瞒着父母的。仔细一想，姐姐所在的大阪距离广岛远比老家栃木要近得多。

"本来应该更早点来看你的。"听了姐姐的话，光点头："嗯。"听姐姐这么说，也不知道该怎么回答。光在这里工作的事情，是她听母亲说的。

在双亲均不在的远方，只跟姐姐见面着实有些不可思议。不过，绝不是讨厌。

光并没有特别想倾诉的话。

姐姐在光面前也几乎没提过自己的事。可是，毫无疑问，肯定非常充实。肯定有男朋友了。姐姐变漂亮了。她大学毕业后会回栃木老家工作。

喝着饮料吧台里的淡而无味的针叶樱桃汁，光不禁在想。

土气、什么都不懂的姐姐。提前体验到了诸多乐趣的自己。

心中响起了一个声音——或许应该等一等吗？在清新脱俗的

姐姐面前，那声音愈发虚无沉重。

——我是不是也最好等长大之后再去寻找快乐？那时候是不是不用满心焦急地期待被哪个帅气的人一眼锁定？

"我站在光这边哦。"

离开的时候，姐姐说。声音坦然干净，透着刻意的温柔。如此说的姐姐似乎没有任何犹豫。

"有什么事随时联系我。"

她留下了写有自己的地址和手机号码的纸条。

光感觉这像是对没有手机的自己的挖苦。忍不住这么想的自己很差劲。

姐姐的手机也许是收到了朋友或男朋友的信息，在家庭餐厅吃饭期间也一直在振动。看着这幅光景，光第一次意识到，这样说来，自己现在没有朋友啊。

时光流逝中，她遇到了朝香。

跟光同住的领取奖学金的学生离开后，住进来的朝香染着茶色的头发，眉毛剃光，瘦瘦的，就像个辣妹。看到她的瞬间，光立马发现了一件事。

她跟在 Baby Baton 的舍友心美很像。

"你好哦，光。"

自来熟地对刚自报家门的光直呼姓名这一点也很像。有那么一瞬的错觉，是不是她本人出现了？只是这样想想，就怀念得不得了。

朝香并不是领奖学金的学生，年纪也比光大。跟相遇时的心美差不多大吧。她说"之前在'店里'工作"，男同事们都略显激动地问："是哪种店啊？"对此调皮地抛个媚眼答道是"秘密"的朝香深谙世故，看上去非常帅气。她的出现分散了投向光的其他男人的视线，这的确让光稍稍有些不愉快，可心情却前所未有地轻松。

朝香的出现让光的世界一下子明亮了起来。

"光跟我不一样，感觉吃了很多苦啊。我觉得你非常非常漂亮。"

听朝香这么说，光吃了一惊，否认道："没有的事。"

"朝香小姐才像是经历过大风大浪，我根本算不上什么。"

"没有的事啦。光吧，怎么说呢，有点老成啊。这个年纪就离开父母自立，我也是很崇拜。——啊，今后你叫我朝香就好啦。"

在只有两个人的房间里，跟朝香聊了很多。

她跟光那位珍贵的朋友很相像。不知道后者现在在哪里、在做什么，希望她能够幸福。

——自己曾经生过孩子的事情也第一次说出了口。

能跟不知道内情的人提到此事还是第一次。

朝香一脸老实地听完，只是说了句："真是辛苦啊。"话语中带着安慰，可也透着一种"没有过多兴趣"的冷淡，光心里很高兴。

这种地方也跟心美很像——光想。

当然，也有很多不像的地方。

其实哪儿有什么相像的，这本身或许只是光在初次见面时的先入为主。

这只是意味着她"跟一点都不亲近、被留在栃木的同学们不同"而已。修学旅行时见到的京都小巷里的风俗店招牌上的女性们感觉都多少跟心美和真帆相像。或许，只是在朝香身上感受到了同样的熟悉感。不谙世事的同学们所不知道的、光的朋友的气味。

明明心美和真帆两个人除了气质上有些莫名的相似外，长相上没有一处相似。

跟心美她们又相似又不相似的朝香。

比如，她经常会提到钱。

入住同一房间一周后，她便说："喂，光，能借给我一万日元吗？"

"手机费必须要交了。那个，我马上会还，拜托啦。"

"好的。"

不清楚自己当时为何会借钱给她。

不过，朝香信守诺言，发工资当天便立刻还了钱。可是，接下来的两万日元以及再一次借出去的五千日元都有去无回。

好几次听到她冲着用借来的钱付费的手机怒骂什么人。

"所以，我知道了。烦死了！我不是说过会想办法吗？去死吧！"

这时候的措辞跟在光面前时大相径庭，如暴风骤雨般喋喋不休地发泄完之后，突然又跟谁在电话里嘀嘀咕咕哭个不休。夜里若是开始打电话，通话声非常刺耳，经常会被吵得睡不着。明明凌晨三点就必须起床从集中配送的卡车上把报纸卸下来。即便如此，那时候光依旧觉得挺好。

"光。"

有次光正在准备晚报配送，朝香找了她。

天空阴沉沉的，什么时候下雨都不稀奇。为防被雨淋湿，她正在用塑料薄膜包裹报纸。那天，从中午开始就没再看到朝香的身影。店长吩咐她去找找，她便来到了外面，发现朝香坐在附近公寓的应急通道的楼梯上，茫然地看着天空。光经过时被叫住的声音里没有一丝活力。

光睁大了眼睛。

微微张嘴吸着烟的朝香，肩头领口夸张地滑下来，可以看到内衣的肩带。短裤的下摆太短了，大大咧咧裸露着盘在一起的腿，活色生香。

朝香的右眼上有淤青。眼皮黯然无神地垂着。

想叫她"朝香姐"。那段时期，不用敬语的称呼莫名觉得恐怖，已经叫不出口了。在光叫她之前，她开口了。

"我说，你能做我的担保人吗？"

后背爬过了一阵讨厌的感觉，就像是有无数的小虫在背上爬一样。

担保人。这个词语所带来的回响，入耳的同时，在光的脑中拉响了警报。自己的生活中从未听过的词汇。原以为与自己无缘的词汇。

"嗯？"

"担保人。话说，你不要装作没听到啊。你懂的吧？这个词的含义。"

为什么？她想。

为什么？为什么？

为什么会跟这个人住在同一个房间？为什么会一脚踏进跟这种人纠缠不清的人生？

连跟男朋友都没提过的要紧事，为什么会跟这个人说呢？

难不成在旁人看来，我的人生和生活也跟这个人在同一纬度吗？

即使被粗暴地对待，光也没法回应。唯独这件事，无论如何都不可以。"不行啊。"光回答。很丢脸的，音量不觉提高。

朝香瞪着光。

瞪着光的那股狠劲儿让她忍不住想逃离，随后，朝香忽地移开了目光。将吸着的烟移到嘴边深吸一口，缓缓吐出烟，干脆地放弃说："的确啊。"

"我懂的，懂。不行的呀。"

朝香自那日起，开始经常翘班。

配送报纸的工作非常苦，光也曾有好多次想要放弃，可还是坚持了下来。这是浅见介绍的工作，而且，即便逃离这里，她也无处可去。总觉得现在这个样子根本没办法回到母亲身边，于是在被甩落的边缘拼命抓着，拼命咬牙坚持，想要变成一个能干的人。

她希望朝香可以辞职。

某一天，如她所愿，朝香的行李从房间里消失了，店长也通报了她的离开。她似乎未打招呼就擅自搬走了，店长很生气，说这跟连夜逃跑没任何区别。

光松了一口气。虽然她不是坏人，可一想到若今后一直被她如那日般对待，也的确是心神不宁。

不过——这种安心在朝香消失几天后便被打碎了。

那天也是在准备晚报的配送。

两个男人突然来找光。

一个穿着密密织着金银丝的扎眼西装，一个更为年轻，穿着旧夹克。年轻的那个开口叫出了光的全名："片仓光小姐？"明明是初次见面，突然被叫到名字时的语气中却透着熟稔，让她不禁绷紧了脸。

二人出示的文件上有光的名字。

在担保人一栏里，玩笑般地写着自己的名字。旁边盖着用廉价印章印下的"片仓"的章。

"不是我——"

声音变得尖细。她拼命解释。

"这不是我的字。不是我写的……"

"你们是朋友吧，你跟柳原小姐？看，还有章。"

柳原，第一次听到这个名字。看到写在类似借款书的文件上的名字，她瞬间慌了神。

硬逼着自己去相信朝香不是坏人——真想痛骂自己这样的老好人。"柳原好子"，完全没听过的名字就写在那里。朝香也许是假名，也说不定是光被没见过的什么人安上了担保人的名头。

脸上渐渐褪去了血色。在借款金额栏里，写着"五十万"的数字。努力攒钱或许能一点一点把钱还上，可这并不是能够马上筹措到的金额。最重要的是，这明明不是自己借的钱，根本不可能为别人拿出这么一大笔钱。

"印章也不是我的。这种东西，到处都能买到，所以是她擅自做的。你们去做一下笔迹鉴定吧。"

"小光。不过啊，这是小光你的名字吧。"

"可是。"

正在这时——

身穿密密织着金银丝西装的年长的那个男人慢悠悠抬脚踹向桌子。"嘭！"耳边响起一阵巨响，光眼看着桌子浮空、摇晃。男人的语气很平淡，可她的肩膀还是猛地缩了一下，被刚才那男人的举动吓得噤如寒蝉。男人静静垂头看着光。目光冰冷。

"……如果你打算找个能还清欠款的工作，随时都可以来找我。"

光浑身发抖。

这绝对不正常，肯定是哪里出了错。她心里这么想着，身体却像是被捆绑住了，喉咙里发不出一点声音。

迄今为止，即便在收款和推销时被男人们上下打量，也能切实感受到那是非常从容、对光充满善意的视线。被什么人用那种对身为女性的自己毫无兴趣，只是充满了单纯的暴力和无慈悲的眼睛盯着看，还是生平第一次。

肯定没把她当成女人看待，也没什么兴趣，那双冰冷的眼睛盯着她就像在审视商品。男人提到的"能还清欠款的工作"，她能想到的只有一个。

脑海里瞬间跳出了温柔的、最喜欢的心美的脸。遭遇意外怀孕，跟自己站在相同立场共度短暂时光的年长的朋友。想起她，光的眼圈便红了。

光绝对没有签过名。

这并不是自己的字，印章也不是自己的。调查一下就能搞清楚。——可是，到底谁会帮自己去调查呢？"不行啊。"——明明很干脆地拒绝了那个自称为朝香的女人，可不知不觉间竟然还是沦落到这步田地。

一个光所提到的笔迹鉴定等所谓的"正确性"行不通的世界。不知不觉，她已经一脚跨了进去。

"还会再来的哦。"男人说。

"要还钱的话，最好尽快哦。毕竟要加收利息。"

男人们上门的时候，店长一直留意着这边的动静，却绝对不往这边看。等他们走后，才走到光的身边说：

"麻烦啊。"

他是听到了谈话内容吧。

毕竟是他雇的朝香，肯定是了解那个人敷衍的工作态度和性格的吧？——我说自己不可能做担保人，他明明肯定已经听到了。

"我……"

"那些人肯定每天都会来。完全不会顾及我们还在正常营业。之前也有人闯了同样的祸，那时候真有够受的。真是的。"

店长斩钉截铁地表示："惹出麻烦的话，会很为难。"

冷淡的语气里没有丝毫对光一直以来咬牙坚持工作的感谢和肯定，什么都没有。因男人们暂时离去而稳定下来的情绪在那天被狠狠搅得天翻地覆。

不论会不会长期做下去，对这个人来说，我只是一个早晚要离开的员工罢了。

"快点，赶紧去送晚报。你的份额也理好了。"

店长咚地拍了拍光那仿佛被抽掉了脊骨的无力的背。平时用着近似调情的语气跟光讲话的同事们也不看她。

结束了那天的配送回到店里，先前的男人们又来了。

分两次上门，到底是什么意思？"你知不知道柳原好子在什么地方？有没有联系过？"

光回答："不知道。"眼泪都要忍不住了。

似是抓住了她话里的破绽，男人继续问道：

"那你认识柳原好子这个人？这种讲话方式……"

"不认识。我今天是第一次听到这个名字。"

"哦？"

年轻的那个男人突然迅速出脚，险险擦过光用来配送报纸的自行车。出脚快如闪电。光的腿有点软。男人贼兮兮地笑着，说了句："哎哟，危险。"

"那些人肯定每天都会来。"店长的声音响起。啊，真是这样啊。光平稳的每天消失了。而自称朝香的女人不知去了何处。就像之前曾短暂交往过的那个男人突然消失一样，她再也不会回来了。——比起被时间虽然短暂却喜欢过的男人欺骗，因女人落到这个下场更加令人怒火中烧，更加荒谬。

光满心疲惫地回到房间，把头埋在枕头里，无声地呐喊。她呼喊、哭泣。

一个人的时候明明能这样呼喊出声，可面对那两个男人，便吓得仿佛被扼住了咽喉。一个字都说不出来。真丢脸。

想跟浅见商量——这个想法瞬间涌上心头，可即便跟她商量，也无济于事吧？跟数年前不同，当时站在守护者立场上的浅见如今与光已无瓜葛。她并没有让光继续留在宿舍。

消失无踪的朝香无人追踪，为什么自己就必须要遭遇这样的事情？就因为知道我的居所吗？这处无人守护自己的居所？

——只是为了生产才来的广岛，跟这里原本没有任何渊源。

哭累了，从枕头里抬起脸。

有好多同事从这个房间逃离。无故缺勤，突然有一天，从这里消失。

——光有什么理由不这么做？

明天早上不用早起也可以。不用准备早报配送也可以。后天早上、大后天早上都可以不做。如此一番想象，先前一直强忍着的辛苦和难过深深渗进了四肢百骸。明天不用工作也可以的冲动惊涛骇浪般强烈地、甜美地撼动着她的心田。

所幸，刚发了工资。

那两个男人恐怕也知道这件事。到了明天，这个抽屉里的信封中的万元纸钞也许会被那些人抢走，唯独这一点，绝对不可原谅。

收拾行李。

盗走自行车、偷偷离开都未让她产生任何愧疚。一脸"只是去周围逛逛"的表情，穿着薄薄的外套，留意着周围的动静不断蹬着自行车，奔向最近的、自己从未乘过车的车站。

在车站前丢下自行车，一头扎进了驶来的电车。很幸运，似乎并没有被跟踪。这是浅见介绍的工作。

竟然以仓皇逃走的方式结束了这份工作，真是难以置信。

对于广岛，只有宿舍的回忆。明明报纸配送的工作时间要久得多，可在心里留下痕迹的只有浅见的宿舍和海。然而，这一切就如南柯一梦。自己竟然会沉醉在感伤中再次来到这片土地，如今想来，真是疯了。

往来于产科医院、腹中有胎儿、自己被人细心照料的种种，都在遥远的记忆深处渐渐模糊。甚至要怀疑那些事情其实并非发生在自己身上。

恐怕，再也没有什么人会担心光了。

毕竟，光已经二十岁了。

不是未成年人，也不是孩子了。成长到能用自己的名字借款的年纪，如今，终于得到了曾无比渴望的大人身份。

电车驶离了不知名的车站。不是地面电车，而是普通电车。

光隐隐感觉到，今后恐怕再也不能跟浅见联系了。虽然不知道自己要去向何方，但唯独这件事心知肚明。

与浅见和宿舍的缘分被切断的愤怒涌上心头，光再次将脸贴在包上，简短迅速地诅咒着朝香、那两个男人、店长和同事——所有在此地跟自己有过瓜葛的人。甚至对自己主动远离的浅见，也充满恨意。

电车开动起来之后，她才终于能够好好确认一下从房间里匆忙收拾带出来的行李。手头上的钱、替换衣物、化妆品——但此时她突然发现，收在抽屉里、写着姐姐联系方式的便条忘记带出来了。收拾行李的时候根本没想起过。

脸上的血色渐渐褪去。

好恨啊！她又起了这个念头。

虽然从未有过依靠她的念头，可一想到这次真的再也联系不到姐姐——"为什么非要面对这样的局面"——对这荒唐世道的愤怒又深深地、深深地涌上心头。她哭了。不仅是因为忘记了便条，太多太多的事情让她悲伤、无助，哭累了的脸颊上不知何时又挂上了新的泪水。

不知道电车会开向何方，原以为能最后看一眼的大海终究未能如愿出现。透过车窗望去，有的只是随处可见的延绵不断的住宅街和田园风景。

（十一）

在毫无目的、糊里糊涂坐上的电车里，光发现了那个不知不觉间奔向栃木老家的自己。

即使出了这种事，最终自己想到的场所就只有那一处吗？对自己失望透顶。逼自己仓皇逃走的男人们依旧令她胆战心惊，好希望能有人保护自己。

然而，在漫长的乘车旅程中，她茫然地凝视着车窗外的风景，渐渐开始觉得，现在不能回去。

"你，还好吗?"——耳中还残留着最后一次跟母亲通电话时她那细弱的声音。

或许自己早就被完全放弃了，却依旧无法习惯自己让人绝望、被人放弃。每当有更加严重的事态发生，又会产生一处处的新伤，疼痛入骨。

如今这个样子回枥木，于事无补。

所幸，靠着配送报纸存的钱几乎没动过。在新的地方，如果不是太大，搞不好还能租个房子。说不定也能找到新的工作。

电车车窗上映着脸色憔悴的自己。

这些年来，由于职场上年轻女性很少，即使不怎么化妆，别人也正儿八经把自己当成个女人看待。"年轻"跟工作或金钱有直接联系吗？看这人世间，也有比自己漂亮可爱的女孩，可如今自己很清楚，单是这份年轻，就已经占了大便宜。

不好好利用，岂不是损失？

感到报纸发行点的工作辛苦时，她也多次想过这个问题。去做陪酒女，或者在所谓风俗场所工作，收入会不会增加？事实上，夹在报纸中的广告页上刊登的女招待的小时工资很高。若是风俗店，应该更高吧？

可是，这种心情因在宿舍里邂逅的心美和真帆而仓皇叫停。心美在离开宿舍时说："我会找工作，努力生活。"不知这是不是意味着不会再从事以前的工作，可她还是特意说了出来。跟她刚认识时，她曾问过："光，你应该不清楚风俗的种类吧？"

她会这么问，想必在她眼中，自己或是洁白无瑕的吧？一想到这里，光便开始觉得自己无比惹人怜爱，无比珍贵，内心对在风俗店工作非常抵触。完全没想过父母会伤心难过，却觉得心美会难过。若是没跟她们相遇，自己也许早就去那种地方工作了。

在人多的地方下车好好生活吧。她暗自决定。

去大都市吧，城市会把光这个小小的存在掩藏起来。真想在抹去自己存在的地方生活。

心疼乘坐新干线的钱，她选择乘慢车奔赴东京。

途中每每听到大阪、名古屋这样的大都市的名字，心里便犹豫不定，觉得"在这里下车也不错吧"，却迟迟下不了决心，一直坐在座位上。在赶往东京途中，听到了横滨的地名。

那两个男人和浅见恐怕都不会追到这种地方吧？放弃目标所向的场所，感觉自己像是学会了魔法，感觉自己更能隐入人群。在抵达东京之前——在横滨站附近的车站，光下了车。

下车走在城市里，想先去租个房子。站在宽阔大道旁边的房产中介公司门前，浏览着贴在墙上的房产信息。看到有她也付得起房租的公寓，便一咬牙走进了房产中介公司。

最初接待她的是一位二十来岁的男性员工。她说看到了外面推荐的房子，自己在寻找一个人住的房子。

年轻的男性员工刚开始还是满脸堆笑，这让她松了一口气，可过了一会儿，当被问到"是不是学生"而光摇了摇头时，谈话的气氛渐渐变了。

"您现在做什么工作？""年龄多大了？""有担保人吗？"

听到这连珠炮似的询问，光心中冷成了一片。光并不知道，租房是需要担保人的。

聊到一半，年轻男性起身离席，跟坐在里面、比他年长的男性员工说了些什么。过了一会儿，他跟那位男性一起走了回来，坐在光面前，问："要不要给你父母打个电话？"年长的男性直勾勾地盯着光，很让人讨厌。

看到那双眼睛，她逃也似的离开了。

"啊，不，不用了。"

本打算大声回应，可实际上只是发出了细细的声音。

光抱着行李，走出了房产中介公司。带着这么大的行李找房子，肯定会被人怀疑她是不是离家出走，或遇到了什么事情。应该将行李寄存在寄物柜里的——事到如今才迟迟意识到，可为时已晚了。

汗淋淋地逃出房产中介公司。心跳如雷。

再没有力气走进第二家房产中介公司。没有工作，也想不到谁能做担保人。当然，更不能给老家打电话。

能找到可提供住宿的商务酒店的保洁工作，算得上是个奇迹。

在便利店里翻看报纸和地区杂志寻找能够提供住宿的工作，可排除掉风俗相关的工作，几乎没什么像样的招聘信息。靠着偶然间看到的那句"也会同您一并考虑住宿问题"，去参加了几个面试，却几乎没什么进展。

光没有手机。她住在一晚四千日元的酒店里，用了那里的电话号码，可对方听后总是一脸惊讶。被怀疑是离家出走，在面试时还曾被问过："你父母不找你吗？"

提供住宿的工作除了情人旅馆的保洁、弹珠店员工，也有仅凭广告描述完全不知道具体内容的工作。——那种地方实际去面试一看，很明显多是被称为"soap"（泡泡浴）或"Delivery Health"（出台服务）的风俗业。讽刺的是，光在男面试官的介绍下第一次知道了心美所说的"风俗的种类"。

凭借之前工作的积蓄，这段时间还住得起商务酒店，可也就能坚持一个星期，最多两个星期。在那之前，无论如何都必须找到工作。那时候对自己伸出手的风俗业的存在如甜美的诱惑，撼动着光的内心。

——如果入住的酒店电梯里没有出现招聘保洁员的广告，光恐怕会打破底线从事风俗的工作吧。

入住酒店的数日里，光跟保洁员阿姨熟了起来。"你一个人住吗？住这些天？究竟怎么了？"看上去很热心的保洁员阿姨心直口快地刨根问底让她觉得不胜其烦，另一方面又狠狠放下了心。好久好久没有人对自己这么感兴趣了。即便这是多管闲事，光也特别开心。

"我想在横滨工作，就出来了。"她回答。

"过二十岁了吧？不是未成年人离家出走吧？"

"我没那么小啦。"笑着回道。

"是嘛。不好意思啊，我问得太多了。"对方道歉。

阿姨是个正直的人。

"办公室的人骂我了，说是下榻酒店的贵客，不让我问东问西。真是的，所以啊，都说城市是漠不关心、冷冰冰的。"

就连这些，她都原封不动地跟光说了。

年轻女性孤身一人连日住在酒店，酒店方果然也觉得奇怪吧？一想到此，光的心中便浮出微微的苦涩。即便如此，阿姨那样的爽言爽语也还是让她得到了些微的救赎。入住酒店期间，只要遇到擦拭扶手、用吸尘器吸地毯的阿姨，她就会打招呼，道声"辛苦了"。有时候参加面试回来，房间里甚至还会放着阿姨带的铜锣烧。

之所以会贴出招聘保洁员的广告，是因为那位阿姨要辞职搬去儿子夫妇生活的城市。长期在此工作的阿姨所使用的酒店房间也因此空了出来。

保洁员的面试来了很多人。令人吃惊的是，跟自己一般年轻的女性也很多。果然，寻找提供住宿的工作不论年轻还是年长，都非常困难。来面试的大多数年轻女性中，有的明明来面试却穿着脏污的衬衣，有的根本不能好好地抬头看人，只是一味低着头，也有很多明明很年轻却莫名满身疲惫的人。——也许，自己也没有资格去评判他人，可比起城市里来来往往的其他女性，她们身上明显欠缺清洁感。

在这群人之中，一直住在酒店的光穿着全新的西装，每天也会好好洗澡。她决心要直视面试官的眼睛大大方方接受面试。

负责面试的男性留意到光是自己酒店的客人。被问及长期入住酒店的原因，光回答："想在横滨工作。"与当时跟阿姨说的一模一样。

——接着，她还补充道："老家家计艰难，想找个工作给家里寄钱。"

光被录取了。前后脚辞职的阿姨也帮了大忙。后来，听说她一直到处说"那个孩子很让人喜欢"，心中感慨万千。

这一次，光也是封闭了心门，决定在这里努力做个能干的大人。

开在昏暗路边的酒店采用了普通的照明设施，可投注在古旧地毯上的光线很昏暗。不明白究竟因为什么，在那样的灯光下，连定期更换的地垫和亚麻床品的颜色看起来都旧旧的。

走过一条街就明明有很多高级时尚的酒店，可还是会有客人入住。虽说算不上生意兴隆，入住的多是一直选择这里的商务人士，和从地方城市来旅游的一家老小。

这里既没有提到"横滨"二字便联想到的时髦的感觉，也没什么氛围，可酒店房费便宜是一大亮点。其中，甚至有一家三代人入住，家中老人对家人感谢连连："谢谢带我来旅游。"——明明是如此普通的酒店。

工作后不久，光给广岛的报纸发行点写去了信。

突然跑出来很抱歉——虽然这也是心里想说的，可她最挂念的其实是自行车。刚刚逃跑时对丢弃自行车根本没觉得内心不安，可渐渐地，她开始感到内心的沉重。

店里用于配送报纸的自行车配备了宽大结实的车筐，放入大量报纸也没有问题。在旁人看来，或许这不过是毫无价值的、印有店 logo 的丑兮兮的自行车，可对那家店来说却是非常重要的物品。店里非常严肃地强调过，配送过程中，即便只是离开一小会儿也要把车锁好。

骑后丢弃的自行车在车站的自行车停车场——她写下了自己当初冲进电车时的站名。她只是想说这个。

害怕被人寻到，她当然丝毫未透露自己目前的住处。

在报纸发行点入职的时候，因为是浅见介绍的，包括栃木老家的原籍地等信息都如实写在了简历上，而在横滨的酒店工作时她已经成年，除了姓名用了真名，住址等都是随意编造的。她没有出示身份证，也没有人因此责怪她。

工作非常辛苦。

近八十间房，负责打扫的只有光和另外一人。另外一人也不能长期坚持，马上辞职后又来了新人。或许，正因为很难做得长久，光才得到了工作的机会。说是提供住宿，可酒店后面的狭窄的职工宿舍并不是免费的，电费、煤气费和房租每月都会从工资中扣除。如此一来，光手头上可以自由支配的钱几乎剩不下多少。能有住处就很好了，不过，或许还是在工作之余考虑下其他的工作机会为好。可是，一想到之前找房子时的心惊经历，她也很清楚那并不容易。

当时，她就像平时一样收拾好要清洗的亚麻床品，清理好垃圾，走了出去。

"小光。"耳边传来黏糊糊的声音。

光不禁条件反射般看向对方的脸。接着便开始后悔那一眼。应该不回应，直接全力奔跑逃走。

在广岛碰到的男人就站在那里。

之前是二人组，如今是一人。是穿着密密织着金银丝的西装、在光面前踢飞桌子的男人。光原本应该从这男人手下逃脱了的。

发不出声音。可能的话，真想问问他："为什么？"

离开广岛，在这里开始工作已经过去了近九个月。

男人冷冷地笑着。他的头发留长了，佩戴的首饰多了，脸上的皱纹也深了许多。比起以前，那种颓废的气息更胜一筹。

"不能这样吧？竟然逃走。害我好找啊。"

男人手上"哗啦哗啦"晃着什么东西。看清那是什么之后，全身瞬间起了鸡皮疙瘩。

是光寄给广岛店里的明信片，那张写着自行车的丢弃之处和道歉的明信片。

明明没写这边的住址——男人一脸嘲讽地用手指"咚咚"敲了下邮票的部分。光倒吸一口凉气。那里盖着这里的邮戳。

心口被黢黑的绝望贯穿。

不知道他是如何做到的，男人仅凭着一枚邮戳便锁定了光的落脚地。的确，能提供住宿的工作屈指可数。找工作时，光也吃了很多苦，想不知道都难。因此，只要锁定这一片的这种地方，或许是很容易找到光的。

而且，她也意识到了其他细节。

自己离开后，这个男人也经常去店里吧？

不知道他去那儿做什么。也许，只是因为那是朝香和光曾经工作的地方，他便时不时去那里骚扰。无论如何，他从那里拿到了这张明信片。在那里打工时，光好歹对店主夫妇心存感激。虽然他们屡屡对光语气严厉、口出恶言，虽然有过很多不愉快，可她依旧相信彼此间的牵绊。可就是这些人，将光的明信片给了这个男人。

他们推开了光。

先逃离那里的是自己，可即便如此，依旧感受到了背叛。

男人再次向僵立在原地的光展示了先前的文件。可以看出，那张皱巴巴、看上去已泛黄的纸并未被细心保管。上面的"柳原好子"的名字、不同笔迹的光的名字，上次看到已是许久之前，她甚至禁不住想，字体是这样的吗？即便不是那时候的文件，而是重新准备的别的什么，自己也无法分辨。话说回来，不管是哪份文件，光都没有签过字。

没有印象的担保人文件，去什么地方申诉是不是就会被判无效？这是没有效力的吧？——自那之后，她一直在思考，或许根本没有必要逃走吧？男人不在面前时怎么都可以想明白的事情，可一旦男人出现在眼前，马上就无法思考，大脑宕机，一片空白。

即便那是伪造的签名和印章，这些人也不放弃，不会觉得"没办法了"。他们一直在找光，不愿放过她。

被找到了，正在被责骂——面前的这个事实让她深受刺激，无法动弹。

为什么？她想。我根本不可能还上，可这些男人为什么要如此执着地追着自己不放？为什么要追到这么遥远的地方？为什么不能放过自己？

男人接下来的话给了她答案。

"只要小光有这个想法，马上就能还上。之前不是说要给你介绍工作嘛，你为什么要逃走呢？"

"工作……"

光喃喃道。

"工作……不是说这个的时候吧？"男人模仿着光的语气，冲着附近的墙壁飞起一脚。"啊！"短短的一声惊叫从喉间溢出，又被死死压了下去，也许在旁人看来，呆呆站着的光俨然一副漠不关心的沉默模样。男人"呸"了一口。

还不起钱的女人会被送去风俗业卖身还钱。这种方法曾在电视或杂志上看到过。可没想到，这种事情竟然会发生在自己身上。无论多么拼命，钱都会被拿走，身心变得残破不堪的女性们的故事。电视剧中经常看到的那种事情的背后，也许就隐藏着一桩又一桩的痛苦。大家一定都无法理解，直到事情降临到自己身上。

"小光已经二十岁了吧。自己完全可以做主了吧？"

在这里，自己已成年的事实也已经无济于事。接下来会发展成什么样子，取决于光的选择，是光的责任。跟打着未成年的幌子招摇过市时已经不可同日而语了。没有人会来保护自己。

男人说，先把利息还上，今天就暂时回去。

可是，连文件都没能仔细通读的光，即便提到利息，也根本不了解那究竟以什么样的比例在增长。男人肯定已经看透了她对此完全无法理解。要还多少，还到什么时候，都可以罗列虚假的数字。光终究得按照对方的要求还钱。

必须一次性还掉——光浑身发抖地想。

男人接下来的话，终于让双膝发抖、费尽全身力气站着的光动了一下。

"小光如果不还，虽然并非我本意，但也只能去鹿沼找你母亲了。"

鹿沼。这个具体的城市名一出来，喉头瞬间变得干巴巴的。抬起脸看着男人的光想必脸色极其难看。

他们知道了老家的地址。

在提交给店里的简历上，光傻乎乎地写下了原籍地。

问光"还好吗"的母亲若是知道女儿被迫卷入了借贷风波会作何感想呢？她怎么想都无所谓，可光心里还是痛得紧。不知道今后有没有机会回栃木，有没有机会见到父母，但她实实在在感受到了毫无根据的强烈的拒绝。唯独不想那样的想法重重压在心头。

同时，虽然觉得没什么问题，丢失的那张写有姐姐联系方式的便条在脑海中闪了一下。如果那些男人来到穿着焦糖色的格子超短裙、讴歌着健全的青春的姐姐面前，她肯定比光更受打击。这帮人是专门逼迫素不相识的他人返还借款的。不知道他们会打着"为了妹妹"的幌子对姐姐做些什么。

不愿看到的，并不是姐姐会因此受到伤害，而是如此一来，恐怕连姐姐都会厌恶自己。不知人间疾苦的姐姐说的那句轻飘飘的"我站在光这边哦"，本应该感到无比厌恶，可实际上心里好开心。事到如今才感受到这一点，真是讽刺。

"……现在全部要还多少？"

听到自己第一次开了口。

男人口中的金额从最初的五十万日元滚到了近一倍的金额。如果还是五十万日元的话——她想了想自己这段时间以来努力存下的金额，那也是杯水车薪。

现在的职场恐怕是不能预支工资的。

之前在这里工作的人遇到难事也会跟上司沟通，一直争取，可最终也没有得到上司的首肯。

现在，就在这里，全额返还欠款，跟这个男人断绝一切关系的想法就像是魔鬼一般紧紧攫住了光。即便给他钱，只要不是全额，这个男人肯定还会追着光直至天涯海角。最重要的是，不想永远生活在被追逐的阴影之下。

自再次见面那日起，男人每天都会出现在光住的酒店后面的员工宿舍。明明说了会还钱，可他还是每日必到。

员工宿舍里当然还住着其他跟光一样的酒店员工。不想被他们看到，也不愿被他们察觉。每天，光都惴惴不安，无法安心。

曾有一天，想到回宿舍就会碰到那个男人，她脚下便迈不动步子，工作结束了也没回去。

她直接去了车站前的网咖，在那里度过了一晚。那里可以淋浴，她第一次发现，在这里可以很便宜地熬过夜晚。以椅作床，睡在上面很累，可想到只熬一天，也能忍受。

然而，等回到员工宿舍的自己房间，看到门前的光景，光倒吸一口冷气。

那里有无数的烟头。

在房间门口旁边的墙壁上，有大量的烟头被人狠狠按在墙上，然后落在地上。在收取报纸年费的时候，男性配送员经常会这么做。住户不在家时，吸着烟一直等人回来，然后特意将烟头留下给住户施压。

直到自己遭到这样的对待，光才发现这真的很讨厌。透过被压瘪的短短的烟蒂，男人的焦躁似乎随着烟被一并吐出，依旧滞在此地久久不散。更要紧的是，周围也知道了男人的存在。不得不知道。周围的人恐怕看到男人在等人了吧。

好想尽早逃离男人的阴影。想哭，可还是戴手套般将塑料袋反戴在手上，收拾了烟头。被夜露和朝露打湿的烟头湿乎乎的，那种触感更让人觉得恶心。

工作了近一年，算得上能干的光在职场上渐渐得到了同事们的信赖。

在前台工作、年纪最大、头发花白的滨野待光如自己的孙女。他深受员工们的爱戴，看上去像个和蔼可亲的老爷爷，可一旦有事发生，他又会展现出负责人的担当，是大家的依靠。大家一遇到困难，必定会想到"滨野先生"，找他商量对策。他就是这样一个人。光也曾在前台后面的办公室里收到过他递过来的所谓"别人给的"铜锣烧，他还给了她自家用旧的电热水壶，让"她拿到房间里用"。

她知道，有别于当日的销售额，保险柜里一直保管着一定金额的应急金，以便应对工作中突然出现的必须付现金的局面。"滨野先生，抱歉啊。要付个钱，现在有现金吗？"听年轻的员工这么说，滨野口中应着，从自己桌子的抽屉里拿出写有按键号码的笔记，对照着将保险柜的旋钮向右几回，向左几回转动。

比起每天要确认的当日销售额，那笔现金恐怕不会被频繁确认的吧？

虽然不知道有多少，先全部借出，然后一点点还回去就可以吧？当然，光一发工资就会马上还回去。还款是最优先选项。

小小的保险柜看上去低调、古旧，还带着斑斑锈迹，可每次去办公室，它在光的眼中不知不觉间便染上了耀眼的光芒。保险柜一入眼，视线便被它牢牢抓住。她慌忙低下头，生怕被人觉察到自己的在意。对滨野的桌子抽屉亦是如此，里面保管着写有按键号码的笔记。

心里很清楚，唯有这一个方法。

关于没人来的时间区间、何时会有空当——光在工作过程中也慢慢摸清了规律。拼命背诵从滨野的桌子里取出的纸上的号码。背诵，迅速转动旋钮。

保险柜里的现金意外地被装在厚厚的信封里。在确认金额之前，灭顶的恐惧让她立刻将信封整个揣进了怀里。

随后，马上奔入了等着打扫的一个房间。

信封里的金额足以偿还借款。她打算取出相应的金额，再将信封还回去。心脏鼓动，怦怦狂跳。

然而，偷出来的时候，时机正好如有神助。一旦想要物归原主，办公室那之后却一直有人进进出出。光怎么也找不到机会将钱还回去。

两天过去了，三天过去了。

光把约定金额的现金给了出现在面前的男人。数着纸币的男人笑嘻嘻地递动来写有光的名字的借款证明。"请不要再来了。"鼓足了勇气发出的声音还是细如蚊呐。男人依旧坏笑着，随意应着："好的，好的。"他甚至还说："那，拜拜咯。以后最好不见咯。"他那种吊儿郎当让人无法信任，光在员工宿舍的房间里掩面无声呐喊。心中愤恨，又是哭了一场。

虽然一直没能将装有现金的信封还回去，酒店里却完全没有要出乱子的迹象。于是，大脑又开始想一些"美事"。那笔现金许是阴差阳错放进去的，即使丢了也没人会遭殃吧？虽说迟早都要还回去，这笔钱哪怕是光借来用用，也没人介意吧？

当然，根本不可能有那种事。

"小光，能来一下吗？"

跟往常一样唤着光的滨野脸色有些难看。看到他的瞬间，心中便起了不好的预感，可还是对自己说"没关系，没关系"。他还没说什么决定性的话。即便被盘问，恐怕也没什么证据，只要装傻就行。而且，也可能是别的事情。

滨野带着光去的，不是放着保险柜的办公室，而是清扫前的一个房间。环视周围后，滨野轻声说："……是你做的吧？"

呼吸停止。

想着蒙混过关，看着他问了声："什么？"可心跳声比打开保险柜时还要响，很难相信那心跳声不会被人也听进耳里。她甚至在想，或许承认会轻松一些。

"您在说什么？"

光没有信心能够装傻充楞当没有听到过。滨野长长吐出一口气。

"保险柜里少了三十万日元。虽然不是马上要用的现金，可我也没办法蒙混过去啊。其他人都说没有印象。"

"……所以，就是我吗？"

偷钱是事实，可仅凭此就被盖棺论定也太恶劣了。跟大家都确认过——恐怕依序跟身穿制服的正式员工们一一确认，最后才轮到光吧？这也让她怒火中烧。

接下来想到的是：滨野是想要求自己献身吗？

被他单独叫出来，在上锁的酒店房间。年龄远比父亲要大的滨野是如祖父般的存在，根本不会让人意识到那是个男人。可仔细一想，不禁浑身发寒。想起了收取报纸费用时被男人们邀请进屋的经历。那些男人里也有些人年近花甲。

拼命向前看，努力不去看床，可还是怕得不得了。

然而，滨野只是脸上爬满了悲伤，摇了摇头。

"有不少人看到你跟形迹可疑的男人在谈论钱。"

沉默。从"你"这个礼貌的称呼里，她意识到，自己那愚蠢的担心简直是大错特错。

看着没有回应的光，滨野说："你要是能跟我聊聊多好。"那声音中充满了真诚。注视着光的滨野眼中，并没有光想象中的邪念，只是无尽的悲伤。甚至都没有责难的意思。

光轻轻攥紧了拳头。

垂在腿边的手在颤抖。跟你聊聊，你就能帮我准备好钱吗？你为什么会说这种话？光的心情渐渐狂躁。

然而，他的语气是那么温柔，单单那种语调便让人忍不住想哭，紧绷的情绪再也压抑不住。

"那……不是我借的钱。"

事到如今，解释又有什么意义？然而，希望滨野能够理解，希望他能够知道的情绪却不可抑制地涌了上来。

光开口讲述。讲她之前在提供住宿的报纸发行点，被同屋的女子莫名其妙地扣上担保人的帽子；讲男人手上拿着自己肯定没签过名的文件，而自己对此绝无印象；讲自己因此被追债。

听完讲述，滨野的脸色很难看。与其说是心痛地顾及光的情绪，不如说是一副无语、稍稍错愕的表情。他是对将欠债强行转嫁给自己的朝香和男人感到无语吗？——滨野对等着回应的光说：

"……你为什么还钱啊？那笔钱根本没必要还啊！你根本就不是真正的担保人啊。"

"可是——"

我很害怕。是别人逼迫我的。我根本没有办法。

那种恐惧与被人穷追不舍的心情该如何说与人知？光尝试着逻辑清晰地做出说明，却找不到合适的表达。那些男人和光之间并不存在能够用整齐的语言来解释的正当性。

"知道那些男人的联系方式吗？"滨野问。

光摇摇头。摇头时才意识到："啊，真的是不知道啊。"就是这些连联系方式都不知道、如骤雨般的男人，把自己逼得这般走投无路。

滨野的脸上再次浮现出了之前那种错愕的表情。

听着滨野的叹息，光紧咬嘴唇想："可是，根本就无能为力，不是吗？"想赶紧跟那些男人切断联系。如今觉得他们像是一场激烈的骤雨，他们上门骚扰的那段时间里，根本不知道暴雨何时止歇，真是可怕至极。怎么可能会想要联系方式，保持联系呢？

这笔钱根本没必要还——光比任何人都要强烈地如此认为，心里也很清楚。任谁都是一目了然啊。

可是，又能怎么办呢？

"你要是能跟我聊聊多好。"的确，未去求助的是光。可如今却是满心荒唐。因为，没有人来帮我，也没有人告诉我可以不用还。

可是。然而。因为。

蹦出脑海的词全都是解释时常用的。情何以堪。

感觉滨野在指责自己的无知。他恐怕在想："这孩子怎么这么傻呀。"这并非出自被害妄想。

因为，光自己也如此认为。我是个笨蛋。

滨野对垂首的光继续说道：

"你有办法把钱还回来吗？"

即便如此，动了保险柜中现金的并不是自己。

明明想好了绝对不能承认，可对方一问，她还是点了点头。本来就只打算借来用用的。并没想过要盗窃。

面对无声点头的光，滨野的声音依旧平静，点头道："这样啊。"

"必须尽早还回来。下个月，本部的人要来，到时候就瞒不住了。……小光，或许你做这件事时很随便，但这是犯罪。如果不把钱还回来，报警也是有可能的。"

滨野虽然一派酒店负责人的派头，可实际上的经营者另有其人。

即便如此，他最先想到的还是要护住光。她很清楚那是多么真挚的关心。"必须立刻还上。必须把钱还上。"——这些话像咒

262

语一般在脑海中不断重复着。光点头，断断续续地应道："好。"

犯罪。这个词把光钉在了原地。

滨野说得没错。光的犯罪意识很薄弱。她一直觉得这不过是酒店内部人员的问题。

可是，就算顺利把钱补上，事已至此，这家酒店也不会继续雇用光了吧？不过，至少不想辜负滨野。光满心愧疚，为自己竟然有那么一瞬曾怀疑过对光如此提议的温柔的他。

再也不想如当初在广岛时那般急匆匆逃离此地。

"我能还上，马上。"

光答道。

那时候，不知道自己心里究竟明白多少，也不知道究竟自何时起开始考虑那件事。

尽量让自己不要去想。可那时候突然便说出了口：

"我亲戚就住在附近。我去他家借。请他们准备。"

神奈川县川崎市。

CULTURE PARKS 武藏小杉 3411。

"我并不是要怀疑你。"滨野说。

她当场写下了地址递给他。

武藏小杉的车站距离这家酒店有多远？

坐哪条线，该怎么去那里？

光心里很清楚。闲暇时候做过调查。不过是查着玩儿，从未想过付诸行动。事到如今，也从未想过要去做些什么。

◆

听到"死儿算年岁"这句惯用语时，光心里满是不可思议。

这句话用来形容"为事到如今说什么也无济于事的过去而感到后悔"的心情。

不过，光可以计算依旧在世的孩子的年岁。

再也不会见面的孩子此时肯定置身于同光那时候写的日记和信件——若说充满浪漫或感伤，听着冠冕堂皇，实际却是自以为是、白日做梦般的文字——截然相反的生活氛围中，跟不认识的父母生活在一起。

分别时曾想过总有一天还会再见，可光突然就明白了，即便有那样一天，对彼此来说也只是麻烦。

中学时诞下孩子，如今已经过去了六年。

今年又要迎来五月，到了十日那天，那孩子就满六岁了。

那之后再过四天，光就满二十一岁了。

六岁。那他恐怕是小学一年级的学生了。那日，还不知道该亲近谁的软乎乎的婴儿，如今已经长成了有自己的想法、有心的小大人。自己会觉得那孩子可爱吗？那孩子也会亲近光吗？

没有亲自生下他的母亲牵着那孩子的手。一想到此，她心里便充满了类似愤恨的情绪。

第一次拨通了电话。

"——您好，这里是栗原家。"

电话听筒那端传来的女声听起来很高雅，俨然是个"好母亲"。那边有时候还能感觉到孩子就在旁边。

你们的那份幸福是谁给的呢？光忍不住想大声质问。

你连孩子都生不出来，如果没有我，你连做母亲的机会都没有吧？可你的语气就跟其他寻常人家一样，难道不是厚颜无耻吗？

该怎么开口说第一句话？"您好，请问，您是哪位？"强行压抑着汹涌澎湃的感情，不等女人的话说完便挂断了电话。

那样重复了多次。

在光心里，那个女人的声音就代表了她家的一切。

以光拱手交出的孩子为中心构筑起来的幸福一家。明明怀揣着见不得人的秘密却不动声色，一脸"那是靠自己一手建立起来的家"的女人。

脸上带着普通家庭常有的表情生活的女人。

想起交出孩子那日见到的夫妇——年龄远比光要大，看上去也更懂得道理——的脸，不禁作呕。跟自己的双亲年龄相差不大，就算做光的父母也并不稀奇的大人竟然做不到像光那样怀孕生子？真是蠢透了。即便是有钱人，即便处事圆滑，竟然也有鞭长莫及的事情，真是可怜啊。仅靠这一点，光就觉得，自己相对处于优势地位，甚至对他们生出了同情。

我都把孩子给你们了，要求点回报也不过分吧？

既如此，胁迫也没关系吧？

有一次，接通的电话那头出现的不是女人的声音，竟然意外地是孩子的声音。

"您好，这里是栗原家。"

与其说是天真无邪地接起电话，更像是下定决心才拿起电话的紧张的声音。

只说了最初的一句，孩子便不再说话，沉默在继续。并非在揣测着这边的反应，而是那种忸忸怩怩、有些害羞的令人不耐烦的沉默。终于，电话那边传来了"喂？是奶奶吗？"的声音，语气里多了些许的撒娇，光不禁哽咽。

"喂，朝斗，你在干什么呢？"有个声音从远处传来，女人接过电话，应了一声："喂？"听罢，光依旧无声地挂断了电话。

她也曾去公寓楼下实地看过。

公寓楼很气派，高到仰头一眼望不到顶。锁定的瞬间，她感受到了一股令背脊发凉的违和感。这里似乎住着很多有孩子的家庭，戴着黄色帽子的幼儿园的小朋友被母亲牵着手走了进去。

这里的 34 楼，那家就住在那里。

背着书包的男孩子，熟练地按着自己楼层的对讲门禁的孩子……从这一个个孩子的脸上，她不断寻找，是不是这个孩子？这或许就是自己的孩子。

有一天，看到一个腿上绑着绷带的男孩子，大概是受伤了。"咦？"不禁有些移不开眼。看上去刚好六岁上下，正想现身，突然从附近跑来了另一个孩子，似乎是他的弟弟。他似乎并不是朝斗。

　　还钱的期限逼近了。

　　住在这里的他们为了保守自己孩子的秘密肯定不会介意出钱。

　　拨通电话。

　　"——您好。我是片仓。"

　　是栗原家吗？说着，她不禁在想，至此再也不能回头了。

　　虽然我并没什么好"回"头的。

　　"希望你们能把孩子还给我。"

　　光说。

第四章　晨曦将至

（一）

去朝斗所在的栗原家拜访的当日清晨。

光在打工的酒店附近的日式点心店前，等着店家开门。

那家店卖的铜锣烧，就是之前滨野在办公室说是别人送的，分给她吃的那种，在这一带非常有名，甚至有些游客会专程为了这家店来这个城市。尤其是明星产品铜锣烧，中午过后便会售罄。

自前一日起，光就一直神经紧张。想到"明天终于来了"，胃里便觉得刺痛，怎么也冷静不下来。

原本再也不会见面的那些人。内心一点都不想见他们。可能的话，真的不想见面。

之所以这么想，更多的是因为他们恐怕是那种"正经人家"。

入住的高层公寓跟光蜗居的员工宿舍有着云泥之别。就算是光的老家，那种"正经"之感恐怕也会让她居于下风。想想就心生胆怯。

去广岛接孩子的时候，那两个人虽然没有说出口，心里恐怕也觉得中学产子的自己是个"不正经的孩子"吧？

在抹不掉的不安想象和臆测中，突然，有段记忆复苏了。

在光还是个孩子的时候，光的母亲曾经因为客人没有带礼物上门而大发脾气，在客人走后抱怨他们"没常识"。

那天，母亲的情绪一直很差，说是长时间在人家家里逗留谈事情时，一般都会带礼物。"没常识"——那时候的说法，光至今还记忆犹新。

绝对不愿意被朝斗家认为"没常识"。或许并不对等，但至少也想让对方知道，自己已经自立了。

可是，带点什么好呢？点心也好，餐厅也罢，那些人想必比光知道的要多得多，她没有信心准备得起他们认为"好"的东西。

——那时候，想起了铜锣烧。

酒店总部监事来的时候，也招待了这个。她曾听到对方跟滨野说："第一次吃到这么好吃的铜锣烧。"

带这个去的话，那家的夫妇，还有孩子也许都可以吃。上门拜访是工作日中午，孩子恐怕在学校。对方指定了这个时间。——光发现自己并不觉得这是个好主意。那两个人根本不打算让我见朝斗。

若无其事地抚养着光的亲生子的那个家要隐藏此次到访的光

的存在吧？可是，留下东西，至少会在那个家里留下自己的痕迹。能留下痕迹的吧？光开始思考。与栗原家商定的见面时间是十一点。开店时间是十点。算上路上的时间，勉强赶得上。

可是，不论光等多久，店家那天早上就是不开门。

写在卷帘门上的固定休息日并不是今天。也没有临时休业的贴纸。可就是不开门。卷帘门后面和店面周围也没看到店里的员工。

即便如此，光还是等了十分钟、二十分钟。

周围也有跟光一样等着开门的人。他们纷纷议论："咦？好奇怪哦。""我是专程来排队买铜锣烧的。"

光焦急地等待着开店。这里不行的话，哪里还有拿得出手的点心呢？

她急得要哭了，呆呆站在那里。

这时，长队旁边的洗衣店打开了卷帘门，开始营业。店里的玻璃上映出了排队等在日式点心店前的光的样子。一副身体纤瘦，焦急的脸完全失去从容的样子。

瞬间清醒过来。

我到底在做什么？

带着礼物上门。可是，钱是光从酒店的保险柜里拿出来的。而自己现在要去栗原家要钱来填上那笔钱的缺口。在这里买铜锣烧，不就相当于用栗原家的钱买的吗？

光带去的礼物又有什么意义？

"就算受欢迎，也不至于飘成这样吧？居然无故休业，简直是耍大牌啊。"

一位排队的客人的声音在耳边响起，光离开了队列。

"咦，可以吗?"排在身后的阿姨问她，光没有回答，直奔向车站。时间已经过去很久了。

光紧紧闭上了眼睛。

视野里浮现出刚才映在洗衣店玻璃上的自己的样子。鞋后跟磨破、满是泥的运动鞋，干枯的头发。虽然化了妆，却跟眼下的装扮格格不入。

女人的年轻是有价值的。一个人工作时在很多不同的场合都感受到了这一点。

光接下来必须面对的朝斗的母亲恐怕是一个正儿八经的人。一个比光年长很多、正儿八经的——阿姨。

在武藏小杉站下车，跑进了附近的商场。

约好的见面时间早就过了，莫名的放弃之心随着时间的流逝一下子涌上心头。反正对方一开始就没把光看成是个"正儿八经"的人。更可况，光现在是去要钱的。哪怕没有按时赴约，他们也肯定觉得这很正常。

走进商场，在最先看到的店里买了帽子和鞋子。"脚踝很纤细，穿这双会显得线条很美哦。"——听从店员的推荐，买了双高跟鞋。说要直接穿走，请店员拆掉了吊牌。穿来的运动鞋直接丢进了洗手间的垃圾桶。

穿着不习惯的高跟鞋，从车站走到公寓耗费了超出以往几倍的时间。当然，没法儿跑。

迟到了一个多小时，光按响了公寓的房间号。屏住了呼吸。

走进他们家的时候，透过薄薄的袜子传来的冰冷地板的感觉才终于让她意识到，在家里见面，肯定要脱掉鞋子。

玄关里飘着花香。是空气清新剂吧？气味一点都不刺鼻，非常好闻。

脱掉帽子和鞋子，光甚至感觉自己现在是一丝不挂的。

"请进。"

光被让进房间，她在坐定之前，一次也没有好好看过女人的脸。

（二）

然后——现在。

光呆呆地站着。

坐在眼前的是栗原夫妇，这两个人毫不怀疑、毫不迟疑的表现让她毫无招架之力。

"你，是谁？"对方问。

"——我认为，你不是那位母亲。"

斩钉截铁做此结论的，是丈夫。

在广岛见过的、这个家的"朝斗的妈妈"并不是眼前的光。

他清楚地下了如此的结论。

"不好意思，你应该不是我们朝斗的母亲吧？通常来说，特殊领养的话，亲生父母与养父母到最后都不会相见。所以，你大概觉得能够蒙混过关，可我们跟那孩子的母亲曾有过一面之缘。"

是的，见过。

光心里承认，却说不出话来。口气强硬的丈夫眼睛微微泛红。

她知道，他想起了那个时候——想起了曾经共同经历过的短暂的瞬间。

光也记得很清楚。

她记得那一天，记得自己曾被内心的冲动所支配，想将自己的一切、自己孩子的一切原原本本、毫无隐瞒地向他们哭诉——虽然处于完全不同的立场，但她觉得他们应该能懂。

"我们去抱朝斗回来的时候，破例允许我们见了一面，虽然只有短短几分钟。听说这也是对方的请求，朝斗的妈妈在双亲的陪同下与我们见了一面。"

"自接到电话那时起，我就这么想了。"

从旁插话的朝斗的母亲的眼睛也同样湿润了。

并不是害怕。也并没有冲动。

——可以很清楚地感觉到，她在生光的气。因为对自己至关重要的朝斗的母亲受到了轻视而感到愤怒和屈辱，这两个人正是为了光在大动肝火。

为了六年前满心不安、一直重复着"对不起，谢谢你们，这孩子就拜托你们了"的那一日的光。

"那孩子的母亲若是想见见现在的朝斗，改变主意想要带走朝斗，我都能理解。可是，竟然会提到钱，我怎么想都觉得奇怪。那孩子——我们的小妈妈并不是能说出这种话的人。"

"想要领回孩子。如果不愿意的话，那就给我钱。"——似是要驳回光的话，二人坦然相告。

二人早就跟邻里说过孩子是养子。朝斗作为这家的养子，完全没什么好遮掩的。

根本就没有光所想的、值得拿来胁迫的秘密和把柄。

然后，他们还告诉她：

这个家还有一位被称为"广岛妈咪"的存在。

"朝斗称呼生母为'广岛妈咪'。"

他们告诉朝斗，除了眼前的妈妈，朝斗曾经在另外一人、在那位广岛妈咪的肚子里慢慢长大。

"广岛妈咪那里是不是晴天啊?"他们甚至会时时关注电视里的天气预报。

当时去广岛，不过是因为那段时期有宿舍，可对他们来说，光如今依旧生活在广岛，依旧在那里。

"——这，是那孩子的广岛妈咪托付给我们的。"

朝斗的母亲从和纸扎成的百宝箱般的小盒子里拿出粉色信封的时候，光差点就呼出声来。她感觉坐在坐垫上的自己的身体正在四分五裂。

信封信纸套装记忆犹新。收件人处写着"妈妈的信"。是光的字迹。是曾经的光写下的字。

心中吹过了一阵风。

起初只是微风。

可当她看到那封信，微风便化作了足以夺走光的呼吸的狂风。她甚至能够清晰听到狂卷心房的暴风的呼啸声。

我的字、我的字、我的字。

想伸手碰触。想看看信的内容。想立刻将信撕破，让信从这个世上消失。心中有无数的想法在叫嚣。同时，光心中也有一个声音在命令她，她应该这么做。

心中的暴风又强了一分。

想把一切都毁掉。那是我写的信，怎么处理是我的自由。可是，手臂、手、手指根本无法动弹。

朝斗母亲那毅然决然的语气令她不禁发抖。

"这是很重要的一封信。"

那时候的光仿佛就坐在她的身边。完全无法直视那双眼睛。

"——您在电话里威胁我的时候，说过这样的话吧？'要去那孩子的学校'。"

光没办法回应。她继续道。

"朝斗还在上幼儿园。明年才会上小学。我跟丈夫说过，那位母亲是不可能忘记朝斗几岁的。那么，我想问问——你，究竟是谁？"

从未忘记过计算孩子的年龄。

从来没有忘记过。可即便知道他现在几岁，他现在在做什么，如今处境如何等具体细节根本就想象不出来。就算知道他六岁了，她也不知道这还未到上小学的年纪。

成为小学生，得等到年满六岁之后的第一个四月。所以，她搞错了。

与光直接对峙的这对夫妇打心里就没把她当成光。

仅仅因为生下了那孩子，他们便无条件地信任着自家朝斗的妈妈。

一个人僵硬地听着那个声音，光的双肩被某种未曾有过的感情包裹。

他们所说的并不是现实中的光。她心里很清楚，可那个光也确确实实就是自己。

是那个生下那个孩子，迷茫着、内心撕扯着，可还是流着泪将孩子托付给这二人的光。

那就是我，她想。

"她"一直生活在这个家里——这就像个奇迹。

光的父母曾经认为她"很失败"，从此以后，一直注视着光背后那个并不存在的"不曾失败"的光，爱着那个光。那时候，她只感受到背叛和厌恶。可如今，她真心觉得，这二人口中的"广岛妈咪"是真实存在的。

甚至连光自己都期待"她"能一直生活在这个家里。

"叮咚"的门铃声就是在那时响起的。稍后传来了孩子的声音："我回来啦。"

在电话里听到时很平静，可如今听到那个声音，却是心痛得令人措手不及。在心中肆虐的暴风突然大作，狂扫了光的心田。光一直以来拼命守护的什么东西在那阵势不可挡的狂风面前土崩瓦解。

朝斗。光险些喊出声。

"怎么办？"

朝斗的父亲问道。

光慢吞吞地抬起了头。

"是朝斗。他回来了。怎么办？你想见他吗？"

"我……"

嘴唇干涩。

想见他吗？在心中不断问自己。

想见他。"广岛妈咪"肯定会这么回答。

我跟那孩子一起看过大海。

那孩子曾在我的肚子里长大。

我曾叫他小不点。

手放在肚子上，跟他一起散过步。从产科医院回来的路上，曾天真地跟他说："马上就要见面了，加油哦。"

光下定了决心，回答道：

"非常抱歉。"

额头紧紧贴在榻榻米上，低着头说。

"您说得没错。我并不是那孩子的母亲。"

<h2 style="text-align:center">（三）</h2>

眺望着天桥下川流不息的车流，光的内心意外地平静。

这一个月以来，无论做什么都没有现实感，心情如透过玻璃眺望景色一般朦胧。

她感觉自己的一切都留在了那个家里。若那个光能继续生活在那个家里，如今的自己俨然就成了炉渣、幽灵般的存在。可这样就很好。

我在那个家里，以"广岛妈咪"的身份切实存在着。

并没有被抛弃，而是被珍而重之地当成了那个家庭的一员。

想到这里，疲惫的脸颊和嘴角甚至稍稍放松了些。自己都觉得不可思议，心里却很高兴。

明明遭到了拒绝，结局惨淡，心情却很平静。

朝斗的父亲和母亲都称呼光为"我们的小妈妈"。年长很多的那两个人就像在称呼自己的母亲，如今也称呼光为"小妈妈"。

胁迫失败后，光没再回酒店。

约定的还钱期限早已过了，现在也不知道什么情况。偷偷拿出来的钱还在自己手上，却不知道自己到底想干什么，要去向何方。

心里很清楚滨野所说的"犯罪"的分量。

可回去要面对什么呢？一想到此，便很害怕，再也不愿继续往下想，便没能回去。光逃离了等着自己的现实，像是给厌恶的东西盖上盖子并封印一般。一旦逃离，时间越久，便越是无法回头。

除了钱，自己的行李几乎都留在了员工宿舍。自始至终便没带能够锁定老家地址的东西，录取时的简历上填写的原籍地址也是胡乱编造的。可是，光带着钱逃走了。老家或许早就接到了联系。

从广岛一路追来的、催债的男人们都能锁定老家的地址。酒店只要去找，或许也是轻而易举。

接到联络，老家的父母到底会如何看待犯罪的女儿呢？或许会感叹不已，或许会伤心不已。同时，也会见怪不怪，觉得"果然如此"吧？他们会觉得，多年前就已经放弃的女儿果然做出了预料之中的事情吧？

而这一次，他们肯定不会再担心女儿，找寻女儿了吧？

心里时时刻刻想着不要被家里人知道，挣扎着努力不让事情传到他们耳朵里，结果却陷入了最不愿意看到的境地。光在心中悔恨不已，眼泪却已干涸。明明是自己的事情，可比起悲伤，干巴巴的心里充满了对自己无话可说的无奈。

光辗转于类似她曾经打工的便宜商务酒店或网咖等地方，白天就在公园里混沌度日。

麻木地望着手推婴儿车在公园里晒太阳的母子，她不禁自暴自弃："爱怎么样就怎么样吧。"

酒店的人也好，警察也好，谁都无所谓。

上天入地把自己逼到绝境的男人也好，想有人来找到光，告诉她接下来该怎么做。

在晴朗天空下的公园一隅如此胡乱想着，一个孩子踢的球"砰砰砰"滚到了她的脚边。"不好意思。"头发束得整整齐齐、身穿短外套的妈妈跟她打招呼，她面无表情地把球还了回去。

光这样的年轻女子大概看上去不像可疑人士。她并没有介意光的不友善和穿了好几日已经有些脏的衬衫——或许是没有留意到，只是笑着道了声"谢谢"便离开了。"我来咯——"她向着孩子抛出了球。

在一派祥和的城市里，没有人留意光的存在，她就这样悄悄地、静静地融了进去。

不会危害他人，也派不上什么用场。

活着也没什么用啊。这种想法在这一个月的流浪生活中渐渐开始渗进她的心里。这并不是冲动的想法，而是缓缓地、顿悟般地，光开始渐渐明白了。

我，活着也没什么用。

今天，光来到了朝斗他们入住的公寓所在的车站对面。想着再看一眼高楼林立的街角就回去。

是回曾经打工的酒店？还是逃到其他地方？她还没有决定到底去哪儿。

反正，光一个人消失了，也不会给任何人带来麻烦。

回到酒店被要求还钱也好，被问罪也好，父母对自己更加绝望也罢，也不过如此了。或许会受伤，也仅此而已。光今后的人生都不会再有变化。

那么，回不回去有什么区别？

哪儿也不回，今天就在这里结束一切也未尝不可。

站在天桥上愣愣地看着下面的车流。一直看着。只是眺望着，不知不觉间已过了几个小时。

已近黄昏，云彩的移动开始变快。

感到天阴下来的瞬间，远方的天空中便响起了"轰隆隆"的雷鸣声。

下雨了。穿行于下方道路上的车辆的前照灯或雾灯的黄色或红色渗入雨幕中，铺满了视野。夏日的天空深处——带来阵雨、厚厚压顶的云端深处那"轰隆隆"的雷声逼近了。

突然开始的雨水很强势，瞬间便打湿了没有撑伞的光的脸颊、嘴唇、头发和全身。夹带着尘土味和霉味的雨水渗进了唇间。

光想。

就这样。

就这样被雷劈中吧。

正在那时，她感受到了背后猛烈的冲击。

一瞬，不禁在想出了什么事。忍不住吃惊回头的光的肩膀被什么人紧紧环抱。

就像不让光逃走一般。

大概是跑来的。大口喘着气，她说：

"终于，找到你了。"

嗯？发出的声音支离破碎。光看向从身后紧紧抱着自己、将全身重量压在她身上的那个人。

眼睛被泪水润湿。

头发散乱，刘海因雨水紧紧贴在前额的那张脸，是朝斗的母亲。她的伞就丢在光的脚边。

光说不出话来。

不会吧？不会吧？心脏怦怦直跳。回头，视线下移，那里站着一个穿着黄色雨衣的小男孩。他正一脸惊讶地抬头看着母亲突然跟一个陌生人搭讪。

那个——

光不禁忘记了呼吸。眼神澄澈，手脚纤细，睫毛很长。刘海在眼睛上方被剪成了直直的齐刘海，这种发型只有孩子才会剪。

好可爱。

好可爱，好漂亮，美得不可方物。

"对不起。"

朝斗的母亲说。

手上还紧紧拥抱着光。

说不定，这个人自那之后一直在找自己。

"对不起。我没能懂你。对不起啊。还把你赶走了。对不起，没能体会到你的心情。"

置身于冷冰冰的雷阵雨中，视野变得白茫茫的。对不起啊，对不起。不断重复道歉的朝斗的母亲的声音抵达了光心中柔软的那处。

什么、什么都说不出来。

以后再也不会有人用这样的声音来跟自己说话了。

这时，朝斗出声了。一副怯怯的、呆呆的表情。

猛烈的雨势不知何时渐渐弱了下来，朝斗小小的声音也能听得很清楚。

"妈妈，这个人是谁啊?"

朝斗的妈妈回答道：

"这是朝斗的'广岛妈咪'哦。"

声音里没有犹豫和怀疑，就跟当时正大光明地断言光不是朝斗的母亲一样。光不禁怀疑自己的眼睛和耳朵。

这样可以吗?

马上看向朝斗的光更加惊讶。

眼前的朝斗的眼瞳睁得越来越大。一直以来只注视着母亲的那双眼睛第一次盯住了光。

二人四目相对。

正在这时——

阴暗的天空下，朝斗的眼中渐渐带上了一抹明亮的光。

"哎？'广岛妈咪'？"

注视着这张脸，时间都静止了。

"是哦。"朝斗的母亲答道。看向了光。

"啊，是的吧。"

做自己妈妈都毫不稀奇的年纪——自己曾经这么想过。看着光微笑的那张脸，是一张可以依靠的"母亲"的脸。

站在他们面前的光喃喃道："我——"干燥的嘴唇上，滴落了混着雨水的泪水。我，我，我。

声音已经不能称为声音，喉间溢出了风鸣般热度逼人的叹息。融入夏雨中的叹息沉重、嘶哑。

光大声哭了起来，声音大到自己都从未听过。随着哭声，喉间仿佛要裂开一般炙热。

"对不起。"声音破碎。

谢谢你们。话语伴着哭声继续。

对不起。谢谢你们。这孩子就拜托你们了。

以前曾重复过无数次的话紧紧抓住了她的心。这个人真的把朝斗养大了，如光所拜托的那样，如那句话所说的那样。

手搭在光的后背上，朝斗的母亲说："我们一起走吧。"不顾自己已被雨水淋湿，抱着光的力量没有任何松动。那张脸还在哭泣。

朝斗就在旁边。朝斗在看着光。就像被好奇心所驱使，想要靠近，却还不敢靠近。

夏日的阵雨渐渐变弱，遮蔽视野的雨幕也变薄了。雨依旧在下，片片乌云间却出现了细细的缝隙。耀眼的橘色夕阳照耀着雨帘，雨珠在阳光的映照下渐趋透明。

雨中金色辉煌。

朝斗那双清澈的眼睛依旧一直追随着两位母亲。

《通过"婴儿领养"杜绝虐待致死 爱知模式所延续的生命》（矢满田笃二 万屋育子/光文社新书）

《飘摇的生命 来自'婴儿邮局'的声音》（熊本日日新闻"白鹤摇篮"采访组编/旬报社）

《请把那个孩子给我——因特殊领养而结缘的医生17年的记录》（鲛岛浩二/Aspect）

《我想要个孩子》（主妇之友社）

《卵子老化的真相》（河合兰/文春新书）

《报道特集 新型亲子关系——婴儿领养下的"牵绊"》（TBS）

《报道之魂 婴儿何去何从～特殊领养的选择》（TBS）

《地域纪实 她们如何生下孩子 ～2013那座母子宿舍的日日夜夜～》（NHK综合）

ASA GA KURU by TSUJIMURA Mizuki

Copyright © 2015 TSUJIMURA Mizuki

All rights reserved.

Original Japanese edition published by Bungeishunju Ltd., in 2015.

Chinese（in simplified character only）translation rights in PRC reserved by Shanghai Translation Publishing House under the license granted by TSUJIMURA Mizuki，Japanese arranged with Bungeishunju Ltd.，Japan through Rightol Media Limited，PRC.

图字：09 - 2022 - 1009 号

图书在版编目（CIP）数据

晨曦将至/（日）辻村深月著；马惠译 . --上海：
上海译文出版社，2024.4
ISBN 978 - 7 - 5327 - 9418 - 8

Ⅰ.①晨… Ⅱ.①辻…②马… Ⅲ.①长篇小说—日
本—现代 Ⅳ.①I313.45

中国国家版本馆 CIP 数据核字（2024）第 041396 号

晨曦将至

[日] 辻村深月 著 马惠 译

责任编辑/吴洁静 装帧设计/柴昊洲 封面照片/MIHO KAKUTA

上海译文出版社有限公司出版、发行

网址：www.yiwen.com.cn

201101 上海市闵行区号景路 159 弄 B 座

上海盛通时代印刷有限公司印刷

开本 787×1092 1/32 印张 9.25 插页 5 字数 123,000
2024 年 4 月第 1 版 2024 年 4 月第 1 次印刷
印数：0,001—6,000 册

ISBN 978 - 7 - 5327 - 9418 - 8/I · 5886

定价：68.00 元